Larry Tremblay

Der feiste Christus

Roman

Aus dem kanadischen Französisch von
Michael von Killisch-Horn

Faber & Faber

Für Claude Poissant

Die Lust zu beten hat nichts mit Glauben zu tun.
Cioran

DAS DING

Der Pfeil würde gleich meinen Nacken durchbohren. So sehr ich auch in alle Richtungen lief, die steilen Wege hinabrannte, über Gräben sprang und Hügel erklomm, er ahnte meine Bewegungen voraus und verfolgte mich wie ein gehetztes Tier. Ich hatte keine Chance zu entkommen. Schicksalsergeben hörte ich auf zu rennen und erwartete, aufrecht wie ein Baum, den Todesstoß.

Ein lautes Geräusch rettete mich.

Ich brauchte ein paar Augenblicke, um mir bewusst zu werden, dass ich auf dem Grab meiner Mutter eingeschlafen war. Ich hatte lange geschlafen. Der Friedhof war jetzt in tiefes Dunkel getaucht. Es regnete leicht, ein Regen, der wärmer als die Luft war. Ich war nicht allein, laute Stimmen ganz in der Nähe drangen an mein Ohr. Beunruhigt schlängelte ich mich wie ein Schatten zwischen den Gräbern und Büschen hindurch, bis ich einen kleinen Erdhügel erreichte, wo ich eine Gruppe Männer bemerkte. Sie lachten und schrien Worte, die ich nicht verstehen konnte. Ihre Gestalten waren undeutlich im bläulichen Schimmer des Mondes zu erkennen. Vier Männer in den Zwanzigern, vielleicht auch jünger. Sie beugten sich über ein Ding, auf das sie mit ihren Füßen eintraten. Ich dachte, sie seien aus einem Grab gestiegen, und in meinen Gedanken assoziierte ich sie mit den vier apokalyptischen Reitern. Ich näherte mich, um besser sehen zu können. Sie trugen Uniformen und Schirmmützen. Ihr Gelächter wurde seltener, bis es von einer beunruhigenden Stille verschluckt wurde. Einer der vier Männer führte eine Flasche an seine Lippen. Er trank einen Schluck und warf die Flasche dann in meine Richtung. Ich glaubte, sie hätten mich entdeckt. Von einer unkontrollierbaren Panik gepackt, machte ich mich sofort aus dem Staub, indem ich wie ein Tier kroch und mir dabei die Knie aufschürfte. Ich zitterte und klapperte mit den Zähnen. Am Ende meiner Kräfte, brach ich am Grab meiner Mutter zusammen und wagte keinen Finger zu rühren. Ich wartete eine ganze Weile. Der Regen hatte aufgehört. Ein leichter Nebel schwebte in der Luft. Der Geruch der Toten drang aus dem Boden, stinkend und kalt.

Ich spitzte die Ohren. Nichts. Ich hörte nur das Rauschen der Ulmen, die einen Teil des Friedhofs einschlossen. Beruhigt kehrte ich zu dem Ort zurück, wo ich die vier Männer gesehen hatte. Sie waren nicht mehr da. Ich war mir jetzt sicher. Derjenige, der die Flasche geworfen hatte, hatte es getan, um sie loszuwerden. Es war reiner Zufall gewesen, dass er sie in meine Richtung geschleudert hatte. Ich näherte mich dem, was sie mit ihren Stiefeln getreten hatten. Es war ein Mädchen. Ein Mädchen, das sicher bezaubernd gewesen war. Selbst in dieser unangenehmen Situation verband ich das Bild eines Mädchens unwillkürlich mit der Vorstellung, dass es bezaubernd sein musste.

Ihr Gesicht war blutüberströmt. Als ich sie hochhob, sah ich einen langen Ast, der unter ihrem Rock hervorragte. Ich zog an ihm und schleuderte ihn mit aller Kraft zum Himmel hinauf. Dieses arme Mädchen war den schlimmsten Demütigungen ausgesetzt gewesen.

Ich floh aus dem Friedhof, das Mädchen auf dem Arm. Ich hatte Angst, die vier apokalyptischen Reiter könnten aus der Dunkelheit auftauchen und mich meinerseits unaussprechlichen Qualen aussetzen. Als ich das Eingangsportal mit seinem hohen schmiedeeisernen Gitter sah, bekam ich endlich wieder Luft. In der Ferne hörte ich das dumpfe Rauschen der Stadt, ihr sanftes Atmen. Das genügte, um mich zu beruhigen. Ich ging zu meinem Wagen, öffnete den Kofferraum und legte den Körper hinein.

Ich durchquerte die Stadt in dem beruhigenden Gefühl, dass mir die Straßen, die Leuchtreklamen, die erleuchteten Schaufenster vertraut waren. Ich durfte nicht mehr an den Ast denken, sondern musste mich auf das Steuer konzentrieren, das Licht der Scheinwerfer, auf das, was ich entdecken würde.

Mit einer angesichts der Umstände erstaunlichen Selbstsicherheit parkte ich den Wagen unter den Ästen der Eiche, die das Haus meiner Mutter unter ihren Schatten begruben. Es musste nach Mitternacht sein. Der Regen hatte die Luft gereinigt. Ich blickte mich um. Niemand. In der Ferne sah ich die Lichter der Stadt und weiter unten die Lichthöfe der Laternen, in denen ich den selbstmörderischen Flug von Insekten erkannte, wirbelndes Leben, das seinem Untergang entgegenflog. Das Haus meiner Mutter war das letzte, errichtet auf einem kleinen Hügel, und die nächsten Nachbarn befanden sich mehr als zehn Meter entfernt. Ich sah niemanden, und das Gegenteil hätte mich auch gewundert. Dieses Viertel war wenig belebt. Ich lebte abgeschieden.

Ich stellte mich vor den Kofferraum des Wagens, ohne Gedanken, ohne Worte, und genoss meine Einsamkeit. Lange stand ich reglos da. Dann öffnete ich den Kofferraum. Ein Geruch schlug mir entgegen. Das Mädchen ... Was für ein Grauen! Ihr Kleid, ihre Beine waren voller Exkremente. Ich öffnete das Gittertor des Gartens, lief den Weg entlang und konnte mich nicht länger beherrschen: Ich erbrach mich in die Akazien von Mama. In Panik wie ein ertapptes Kind, floh ich ins Haus, schlug die Tür hinter mir zu, ging in den ersten Stock hinauf und legte mich ins Bett, ohne mir die Mühe zu machen, mich auszuziehen.

DAS TIER

Ein simpler Geruch hatte mich erschüttert. Dabei hatte ich den Mut gehabt, ihr diesen langen Ast aus dem Körper zu ziehen, eine nervliche und gefühlsmäßige Herausforderung, der nicht jeder gewachsen ist. Von einem Krampf geschüttelt, hatte das Mädchen daraufhin ein leises Wimmern vernehmen lassen. Und in diesem Augenblick war mir bewusst geworden, dass ich es nicht mit einem Leichnam zu tun hatte, sondern mit einer Person, deren Leben in Gefahr war. Sie litt. Den Kopf unter dem Kissen, kurz vor dem Ersticken, begriff ich nicht, warum ich sie in den Kofferraum geworfen hatte, als wäre sie nur ein Haufen Abfall. Schließlich hatte ich ja gesehen, dass sie sich bewegte, dass sie atmete … und ich hatte sie wie eine Tote behandelt, bevor ich wegen eines simplen Geruchs weggerannt war.

Ein simpler Geruch, den jeder Mensch in jeder Sekunde seines Lebens in seinen Därmen mit sich trägt.

Ich verfluchte mich. Ich würde niemals etwas Gutes tun, wenn ich nicht wenigstens diesmal eine Sache vernünftig zu Ende brachte. Wie sollte ich das Mitleid, das ich für das arme Mädchen empfand, rechtfertigen, wenn ich nicht die Folgen der Gewalt akzeptierte, die ihr angetan worden war? Ich schob mein Kopfkissen weg. Ich erhob mich aus dem Bett und warf einen Blick durch das Fenster meines Schlafzimmers. Die regennasse Straße glänzte stellenweise. Nicht ein einziges Fenster war bei meinen nächsten Nachbarn erhellt. Die Leute dieses Viertels schliefen friedlich. Sie hatten ihren Schlaf verdient. Sie erholten sich von ihrer Müdigkeit, ihrer Angst. Sie vergaßen ihren Ärger, ihre Streitereien und die endlose Liste der kleinen und großen Dinge, die sie zu erledigen hatten.

Nur sie nicht. Nur ich nicht.

Warum hatte ich den Kofferraum des Wagens nicht geschlossen? Ich bemerkte es jetzt: Ich war unvorsichtig, dumm gewesen, als hätte ich gegen meinen Willen gehandelt. Weil ich es nicht mehr vor mir verbergen konnte: Dass ich nicht sofort zu einem Krankenhaus oder einem Polizeirevier gefahren war, dass ich nicht um Hilfe geschrien, dass ich keinen Krankenwagen gerufen und die ganze Stadt wegen dieses sterbenden Mädchens alarmiert hatte, all das konnte nur bedeuten, dass ich beschlossen hatte, mich selbst um sie zu kümmern.

Ich würde ihr Retter sein.

Ich ging hinunter und öffnete die Eingangstür. Alles war unverändert. Niemand hatte die Polizei gerufen. Alles war noch möglich. Ich ging zur Einfahrt. Der Kofferraum des Wagens öffnete sein Maul und gähnte ganz ungeniert. Regentropfen fielen vom Blech.

Ich machte kehrt, ging in die Küche und riss die Decke vom Tisch, an dem ich meine Mahlzeiten einnahm, weil mir das Esszimmer seit dem Tod meiner Mutter zu groß geworden war. Ich ging wieder hinaus, mit der Decke in der Hand. Ich näherte mich dem Kofferraum des Wagens. Irgendetwas bewegte sich darin. Nicht das Mädchen, etwas anderes. Etwas, das kratzte. Ich beugte mich langsam über den Kofferraum. Ein Tier sprang mir ins Gesicht. Ich wich zurück, fiel nach hinten und schlug mit dem Kopf auf dem Beton der Einfahrt auf. Bevor ich ohnmächtig wurde, sah ich, wie vor meinen Augen in blutigen Buchstaben ein Vers von Homer erschien, den ich in der Schule gelesen hatte. Ein Vers, der in der Ilias häufig wiederkehrte, um zu verstehen zu geben, dass der Tod sich soeben eines Soldaten bemächtigt hatte, der von einer Lanze getroffen oder vom Schwert seines Gegners enthauptet worden war. Ein ganz einfacher Vers, den ich mir vor dem Einschlafen wie ein Gebet aufsagte.

Und die Finsternis senkte sich auf seine Augen herab.

Darüber wurde ich ohnmächtig.

Es war Tag geworden, als ich das Bewusstsein wiedererlangte.

Die Einfahrt war trocken, und eine Lerche zwitscherte in den Zweigen der Eiche. Das Erste, was ich erkannte, war die Tischdecke. Sie bedeckte einen Teil meines Körpers. Ich hatte fürchterliche Kopfschmerzen. Ich kroch zum Kofferraum des Wagens. Auf Knien warf ich einen Blick hinein. Sie war da. Es war das erste Mal, dass ich sie bei Tageslicht sah. Ihr Gesicht war geschwollen, entstellt von den Tritten ihrer Angreifer, und ihr rotes Kleid stellenweise zerrissen. Schwarzes Blut befleckte ihre Arme und Beine. Sie hatte nur noch einen Schuh. Ich wickelte sie so gut ich konnte in die Decke. Ich schloss den Kofferraum mit dem Fuß, ging mit dem Mädchen ins Haus und legte es im Wohnzimmer auf den Boden. Als ich mich aufrichtete, glaubte ich ohnmächtig zu werden. Ich ging ins Badezimmer im Erdgeschoss, um mir das Gesicht mit Wasser zu bespritzen. Ich entdeckte eine Beule am Kopf. Ich bemerkte auch einen leichten Kratzer neben meinem linken Auge. Eine Katze. Kein Zweifel. Es war eine Katze gewesen, die mir ins Gesicht gesprungen war. Sie war von dem widerlichen Gestank, der aus dem Kofferraum drang, angelockt worden. Eine andere Erklärung sah ich nicht.

Katzen sind diabolische Tiere.

DIE BADEWANNE

Es war Sonntag, einer dieser Morgen, an denen man den Eindruck hat, die Erde habe vergessen, sich zu drehen. Selbst der Wind war aus der Straße verschwunden. Ich lebte in einem Viertel der Schlafmittel und Selbstmorde, und jeder Sonntag verstärkte noch die Trostlosigkeit dieser Gegend, die verächtlich auf die Stadt herabschaute. Ein Segen, dass all das nicht an einem Montagmorgen passiert war. Ich konnte zumindest sicher sein, dass kein Nachbar mich mit einem in eine Tischdecke gewickelten Körper ins Haus hatte gehen sehen.

Ich blickte auf meine Uhr; es war gerade sechs. Durch das Fenster inspizierte ich die Umgebung. Ich ging nach oben und öffnete die Tür des Badezimmers. Es grenzte an das Schlafzimmer meiner Mutter und war geräumig verglichen mit demjenigen im Erdgeschoss. Es enthielt eine große Badewanne mit Füßen. Durch ein kleines Fenster drang das Tageslicht herein. Ich ließ ein Bad ein, ging ins Wohnzimmer hinunter, schleppte das Mädchen mit größter Mühe nach oben und legte es angezogen in die Badewanne. Das Wasser nahm sofort so viel Schmutz auf, dass es sich rötlich färbte. Ich zog den Stöpsel und ließ das Wasser ab, um die Wanne erneut zu füllen. Ich hatte bemerkt, dass ein Augenlid des Mädchens sich für den Bruchteil einer Sekunde gehoben hatte. Ich war unschlüssig: War ich im Begriff, das Richtige zu tun? Sie vom Schmutz zu befreien war mir vorrangig erschienen. Ich öffnete den Schrank, in dem meine Mutter ihre Medikamente aufbewahrt hatte und die wenigen Kosmetika, die sie sich erlaubte. Ich hatte nichts weggeworfen. Neun Monate waren seit ihrem Tod vergangen, und alles, was ihr gehört hatte, war nach wie vor an seinem Platz und verhöhnte ihre endgültige Abwesenheit. Ich fand im Schrank ein Fläschchen Badeöl, dessen Inhalt ich in die Badewanne goss. Ich ging hinaus, um ein Fenster am Ende des Flurs zu öffnen, damit ein wenig frische Luft ins Badezimmer gelangte, und blockierte die Tür mit einem leeren Blumentopf. Als ich mich umdrehte, sah ich, dass das Mädchen unter Wasser verschwunden war. Ich stürzte zu ihr, um ihren Kopf aus dem Wasser zu ziehen, und fiel auf den Hintern mit einem Haarschopf in den Händen.

Meine Finger umklammerten eine Perücke!

Ich hielt mich am Rand der Badewanne fest. Aus dem Wasser sah mich ein anderes Gesicht an, mit offenen Augen. Das Mädchen hatte in Wirklichkeit sehr kurz geschnittenes blondes Haar. Befreit von ihrer beeindruckenden schwarzen Haarpracht, hatten ihre Gesichtszüge sich plötzlich neu strukturiert. Ihre Augen waren von funkelndem Grün. Ich hatte das Gefühl, dass sie mich anstarrten. Ihre Lippen öffneten sich halb, und drei Luftblasen stiegen auf. Ich löste mich aus meiner Faszination und hob das Mädchen heraus. Ich legte sie auf den Fußboden. Ihre Verletzungen bluteten noch. Ihre Brust hob sich jetzt sichtbarer. Ich vernahm deutlich ihren Atem. Ein bis dahin nicht gekanntes Gefühl überkam mich. Ein Schauder. Alles, absolut alles hing von mir ab. Ich würde für ein Leben verantwortlich sein.

DAS TELEFON

Mama hätte gewusst, was zu tun war, sie war Krankenschwester in einer Notaufnahme gewesen. Sie war den Umgang mit schwachen und kranken Menschen gewohnt. Sie hatte hingebungsvoll meine Erkältungen, meine Fieberanfälle, meine Ängste behandelt. Wunden, Narben, Verbände waren ihr vertraut. Mama hätte ohne zu zögern gewusst, was mit diesem Mädchen zu tun war.

Ich tupfte das Blut von ihren Verletzungen, vor allem von einer großen Schnittwunde auf ihrem rechten Schenkel. Ein Stück Fleisch ragte heraus. Ich machte ihr einen improvisierten Verband und drehte sie auf den Bauch. Mit einer Schere wollte ich ihr Kleid aufschneiden, aber der nasse Stoff widersetzte sich. Es gelang mir, es bis zu ihrem Gesäß zu zerreißen. Ich hatte mich auf dem Friedhof nicht geirrt: Ihre Unterwäsche war zerrissen. Stücke von Rinde klebten noch an dem blutgetränkten Stoff. Ich ging in die Küche hinunter, öffnete den Kühlschrank und trank einen Schluck Milch direkt aus der Packung. Schließlich trank ich sie ganz aus, setzte mich auf meinen gewohnten Stuhl, dem gegenüber von Mamas, und heulte los.

Ich war wie gelähmt. Ich starrte das Telefon an, das auf der Arbeitsfläche der Küche stand. Ich hatte Mama immer wieder gesagt, dass das ein schlechter Ort sei für ein Telefon. Ich konnte ihr noch so oft erklären, dass es dort, wo sie es hingestellt hatte, im Weg war, vor allem wenn wir das Geschirr spülten, sie hörte einfach nicht auf mich. Im Übrigen war es auch nicht hygienisch, der Hörer wurde mit Wasser bespritzt, sobald man den

Hahn öffnete, weil dieser verdammte Hahn repariert werden musste. Meiner unfachmännischen Meinung nach, die allerdings von gesundem Menschenverstand zu zeugen schien, durfte ein Telefon nicht der Feuchtigkeit ausgesetzt werden, dadurch musste es zwangsläufig Schaden nehmen. Gewöhnlich beachtete meine Mutter derartige Bemerkungen von mir überhaupt nicht. Sie war überzeugt, dass ich nicht im Geringsten praktisch veranlagt war. Sie erwiderte, wenn es in diesem Haus etwas gebe, das Schaden nehme, dann seien das mein Kopf und die Gedanken, die er hervorbringe. Seit ihrem Tod hatte das Telefon nur selten geklingelt. Daher hatte ich nicht eine Sekunde darüber nachgedacht, es woanders hinzustellen.

Der Gedanke, um Hilfe zu rufen, quälte mich. Ich wusste nicht, wie ich allein zurechtkommen sollte. Dieses unbekannte Leben, das mich dort oben auf dem Fußboden des Badezimmers erwartete, diese grünen Augen, wie konnte ich mich um sie kümmern? Es fiel mir schon schwer, mich um mich selbst zu kümmern. Morgens die Augen zu öffnen und festzustellen, dass ich es war, immer noch ich, der sie öffnete, und nicht ein anderer, irgendein anderer, selbst ein Hund, versetzte meinen noch nicht richtig wachen Körper in eine Benommenheit, die bis zum späten Nachmittag anhielt. Als könnte meine Seele erst dann aufleuchten, wenn die Sonne unterging. Und jetzt wurde ich an diesem Sonntagmorgen, im müden Septemberlicht, das durch das Küchenfenster hereinfiel, mit dieser Realität konfrontiert: Ein Mädchen lag bewusstlos im Badezimmer meiner Mutter, Opfer der Grausamkeit der Männer.

Schließlich schüttelte ich meine Lethargie ab, griff nach dem Telefon, zog den Stecker heraus und schloss es im Wohnzimmer wieder an. Ich ging nach oben. Am Türrahmen des Badezimmers stockte mir der Atem. Das Mädchen war nicht mehr da.

DAS KLEINE TIER

Die Tür stand einen Spalt offen. Ich steckte den Kopf durch die Öffnung und musterte aufmerksam mein Bett. Lag sie unter den Decken, die ich am Abend unordentlich zurückgelassen hatte? Ich machte einen Schritt in mein Schlafzimmer. War das vielleicht eine Falle? Hatte sie vielleicht eine Waffe und wartete nur darauf, dass ich die Decken hochhob, um sie gegen mich zu verwenden? Doch wo hätte sie eine Waffe auftreiben sollen, und warum sollte sie mir etwas antun wollen? Ich gehörte schließlich nicht zu ihren Angreifern. Ich hob die Decken hoch: kein Mädchen. Ich öffnete den Wandschrank, in dem ich meine Kleidung aufbewahrte: kein Mädchen. Ich sah unter dem Bett nach: kein Mädchen. Ich ging aus dem Zimmer und ließ meinen Blick zur Türöffnung des Badezimmers wandern: keine Blutspuren. Ich wollte gerade in Mamas Schlafzimmer gehen, als etwas meine Aufmerksamkeit weckte. Von dort aus, wo ich stand, bemerkte ich ein kleines Tier im Badezimmer. Es rührte sich nicht. Vielleicht hatte es ebenso große Angst wie ich. Ich hatte gelesen, dass manche Tiere, wenn sie die Anwesenheit eines Feindes wittern, vollständig erstarren. Ich hatte selbst diese zweifelhafte Tarntechnik mehrmals bei den Eichhörnchen, von denen es im Viertel wimmelte, beobachtet. Anstatt sich aus dem Staub zu machen, erstarren sie einfach, in dem Glauben, wenn sie sich nicht mehr bewegten, würden sie unsichtbar. Ich zog einen meiner Stiefel aus und warf ihn ins Badezimmer. Das kleine Tier rührte sich nicht. Ich machte zwei Schritte und brach in schallendes Gelächterter aus. Das Tier war nichts anderes als die Perücke, die das Mädchen getragen hatte. Ich hob sie auf, um mich davon zu überzeugen, als hätte ich kein Vertrauen mehr in meinen Verstand und meine Wahrnehmung. Als ich im Badezimmer war, hörte ich sofort auf zu lachen. Das Mädchen war da. Es hatte sich einfach bis zur Wand gegenüber der Badewanne gerollt.

Ich trug sie ins Schlafzimmer meiner Mutter. Ich brauchte nur mit dem Fuß die Verbindungstür zum Badezimmer zu öffnen. Mama hatte sich den Luxus dieser Tür geleistet. Dafür hatte sie auf eine Dusche verzichtet, an deren Stelle Arbeiter eine Tür ohne Griff eingesetzt hatten, die man nur zu drücken brauchte, damit sie sich in beide Richtungen öffnete. Diese Neuerung hatte einen heftigen Streit zwischen meiner Mutter und mir ausgelöst. Sie hatte sich in den Kopf gesetzt, dass es quasi eine moralische Notwendigkeit sei, in ihrem Schlafzimmer eine Tür zu haben, die direkt ins Badezimmer führte. Meine Argumente zugunsten der Dusche interessierten sie nicht im Mindesten. Sie hatte kategorisch erklärt, dass das Bad Vorrang habe. Ich hatte kapituliert.

Ich hatte das Mädchen aufs Bett gelegt. Zum ersten Mal sprach ich zu ihr. Ich fragte sie nach ihrem Namen, sie antwortete mir nicht. Ich berührte sie, sie reagierte nicht. Über Mamas Bett hing ein Kruzifix. Ich nahm es von der Wand. Ich öffnete eine Schublade der Kommode, in der die Bettwäsche lag, und ließ es unter einem Stapel Laken verschwinden.

DAS KLEID

Ich betrachtete ihren Körper auf der Tagesdecke aus rotem Satin. Ihr nasses Kleid betonte ihre Brust und war auf ihren Schenkeln nach oben gerutscht. Ich dachte an Sex. An das, was er auslöst. Ich hatte Grund, ihm zu misstrauen. Ich misstraute ihm, weil ich wusste, dass er existierte. Ich misstraute auch der Natur. In dieser mehrere Monate im Jahr unter dem Schnee begrabenen Stadt löste die Ankunft des Frühlings stets eine Hysterie unter den Pflanzen aus. Die Blumen durchbrachen wütend die noch gefrorene Erde und schleuderten innerhalb eines Tages ihre Farben und ihre Düfte dem Himmel ins Gesicht. Die Knospen brachen an den Zweigen auf. Die Bäume schmückten sich einen Spaziergang lang mit Blättern. Ich erstickte in diesem kraftstrotzenden Exzess, in der Pracht dieses zu kurzen und selbstmörderischen Frühlings. Noch mehr verabscheute ich den Sommer, die Jahreszeit, in der die Libido über Gebühr triumphierte. Sobald die Temperatur um ein paar Grad anstieg, kleideten oder besser entkleideten die Leute sich bis an die Grenze des Anstands und boten den Augen der allermeisten ihren über den Winter milchig gewordenen Körper dar. Sie drängten sich auf den Terrassen der Cafés, die Haut schon gebräunt von der Sonne, schweißbedeckt, und stellten sich gegenseitig zur Schau. Wie am helllichten Tag ausgestellte Fleischstücke. Die Jüngsten wie die Ältesten beteiligten sich an diesem Rausch der Hormone, ein grotesker Karneval, in dem nicht das kleinste Stückchen Güte, Liebe, Mitgefühl und wahre Schönheit auch nur die Chance hatten, sich zu entfalten. Ich hätte am liebsten gespuckt auf dieses Volk in Shorts, zerrissenen T-Shirts und Röcken, die den Schambereich ihrer Trägerinnen sehen ließen. Ich zählte die Tage, die mich vom Herbst trennten. Ich empfing die rötliche Färbung der Blätter wie eine Erlösung, ihr Fallen wie eine Beruhigung.

Ich war ein Novemberkind. Ein Monat, den die Leute hassen. Sie ertragen seinen Ernst, seine Mittellosigkeit, seine grauen und nüchternen Landschaften nicht. Sie verstehen die innere Schönheit dieses Monats nicht, sie können sie nicht erahnen.

Ja, ich war im November geboren worden … und mein Vater war im November gestorben. Als sie die ersten Wehen gespürt hatte, hatte meine Mutter, anstatt ihren Mann anzurufen, der in einem Regierungsgebäude in einem nördlichen Vorort arbeitete, ein Taxi gerufen. Sie hatte sich ihr ganzes Leben Vorwürfe deswegen gemacht. Mein Vater war auf dem Weg ins Krankenhaus durch einen Autounfall gestorben. Die Geburt war mühsam gewesen. Ich war durch einen Kaiserschnitt unter Vollnarkose zur Welt gekommen. Als meine Mutter aufgewacht war, hatte man ihr den Tod ihres Mannes mitgeteilt, dann hatte man mich auf ihren Bauch gelegt. So war es gewesen, meine Mutter hatte es mir immer wieder erzählt. Der Gedanke, das könnte nicht die Wahrheit sein, war undenkbar.

Da meine Mutter von der Versicherung einen nicht unbeträchtlichen Betrag ausbezahlt bekommen hatte, bewahrte der Unfall sie eine Zeit lang vor finanziellen Sorgen. Mit den Jahren hatte sie dann den Dienst als Krankenschwester wieder aufnehmen müssen, ein Beruf, den sie ein paar Jahre ausübte, bevor sie heiratete. Ohne das Geld der Versicherung hätte meine Mutter das Haus nicht behalten können, das sie und mein Vater zu Beginn ihrer Ehe gekauft hatten. Jetzt gehörte es mir, und ich konnte damit machen, was ich wollte. Wenn mir danach gewesen wäre, hätte ich alle Fenster mit Ziegelsteinen zumauern und in völliger Dunkelheit leben können, weit weg von den Blumen und vom triumphierenden Aufbrechen der Knospen.

Manchmal dankte ich dem Himmel für diesen Unfall. Ich habe mir oft, mit einem Gefühl des Entsetzens, vorgestellt, wie mein Leben verlaufen wäre, hätte mein Vater nicht bei einer roten Ampel die Kreuzung überfahren, als ein Umzugswagen seine Lebenslinie um fünf Uhr nachmittags kreuzte, in dem Augenblick, in dem die Novembersonne sich verabschiedete.

Mama hatte nicht wieder geheiratet. Niemand anderer schlief in ihrem Bett. Daher durchzuckte mich ein Schuldgefühl, das meine Bewegungen verlangsamte, als ich mich hinunterbeugte, um das Mädchen zu entkleiden. Dunkle Flecken beschmutzten bereits die Tagesdecke. Und der Jasmingeruch, der auch Monate nach dem Tod meiner Mutter immer noch wie ein Gespenst in der Luft lag, vermochte die üblen Gerüche menschlichen Elends, die ich in das Zimmer gebracht hatte, nicht zu überlagern.

Ich hatte große Mühe, die Arme des Mädchens aus dem Kleid zu befreien. Die Ärmel hielten die Schultern gefangen, die ziemlich kräftig waren. Meine ungeschickten Versuche lösten keinerlei Reaktion ihrerseits aus. Wie sie da so lag, versunken in eine beunruhigende Reglosigkeit, erweckte sie in mir die in Anbetracht der Umstände lächerliche Vorstellung von Dornröschen. Doch dieses romantische Bild zerplatzte, als es mir gelang, ihr das Kleid und die Unterwäsche auszuziehen. Wieso hatte ich nicht früher bemerkt, dass ich einen Mann mit nach Hause gebracht hatte?

DER KAFFEE

Ich rannte auf die Straße hinaus, als würde das Haus vom Feuer verschlungen. Nach ein paar Schritten auf dem Bürgersteig musste ich umkehren. Ich war losgerannt, ohne den Stiefel anzuziehen, den ich in das Badezimmer geschleudert hatte. Anstatt hinaufzugehen und zu riskieren, dieses … Ding zu sehen, öffnete ich den Wandschrank im Erdgeschoss, in dem meine Mutter die Besen und Putzmittel aufbewahrte. Ich hatte eines Tages meine Sportschuhe dort hineingeworfen. Ich zog sie hastig an und floh nach draußen, ohne mich kontrollieren zu können.

Fünfzehn Minuten später verschnaufte ich. Ich stand an einer Kreuzung und wusste nicht so recht, wo ich hingehen sollte. Die Stadt erwachte allmählich. Die Glocken einer Kirche läuteten. Mit dem Blick suchte ich einen Ort, wo ich mich hinsetzen konnte. Ich bemerkte das Schild eines Restaurants und lief in seine Richtung. Es öffnete erst um elf Uhr für den Sonntagsbrunch. Ich versetzte der Glastür des Lokals einen Fußtritt. Diese Geste beunruhigte mich, das sah mir gar nicht ähnlich. Ich näherte mich einem Park. Setzte mich auf eine kleine taubenetzte Bank. Der Sommer lag in den letzten Zügen. Leichter Dampf stieg vom Boden auf. Das Blut pochte in meinen Schläfen, und mein Kopf begann wieder zu schmerzen. Ich hätte ins Krankenhaus gehen sollen. Vielleicht hatte ich ja eine Gehirnerschütterung … Ich betastete meine Beule. Sie war größer geworden. Ich würde sterben. War mir wirklich eine Katze ins Gesicht gesprungen? Wer war der Mann, den ich allein im Haus zurückgelassen hatte? Was erhoffte ich? Dass er sich innerhalb weniger Stunden von allein auflöste, dass Mamas Bett bei meiner Rückkehr makellos wäre, dass ich, immer noch auf ihrem Grab schlafend, bald aus diesem Albtraum aufwachte? Was hatte ich getan?

Nach einer guten Stunde beruhigte ich mich schließlich. Ohne es zu bemerken, trat ich den Rückweg an. Das Restaurant, das ich vorhin gesehen hatte, war jetzt geöffnet. Ich zögerte lange, bevor ich eintrat. Ich setzte mich in eine Ecke. An ein paar Tischen saßen bereits Gäste. Ich bestellte das Sonntagsfrühstück: Eier, Würstchen, Früchte, Toastbrot und viel Kaffee. Ich war halb verhungert und aß mit einem Appetit, der mich überraschte. Ich behandelte die Kellnerin mit ausgesuchter Höflichkeit, ja sogar gut gelaunter Liebenswürdigkeit. Sie hatte mich gefragt, ob ich noch Kaffee wolle, und ich hatte bejaht mit der Bemerkung, der Kaffee sei ausgezeichnet, was eine Lüge war. Der Kaffee war mäßig.

Nachdem ich aufgegessen hatte, beobachtete ich die Leute an den Tischen. Es handelte sich vor allem um junge Paare, manche mit Kindern. Ich war der Einzige, der allein war. Ein Paar Anfang zwanzig setzte sich an einen Nachbartisch. Die junge Frau trug ein Sommerkleid. Der Mann, der mir seinen breiten Rücken zuwandte, war kräftig. Ich stellte mir vor, wie er einen Ball auf einem Sportplatz kickte, umgeben von einer bewundernden Menge, in der Hunderte junger Mädchen ihm applaudierten. Als er sich über seinen Teller beugte, konnte ich das strahlende, von schwarzem Haar eingerahmte Gesicht der jungen Frau besser erkennen. Ihre Liebe war vermutlich nicht älter als ein oder zwei Wochen, dessen war ich sicher. Ich spürte diese Leidenschaft, die sie wie ein Parfum verströmten. In der U-Bahn oder auf der Straße hatte ich oft frisch verliebte Paare beobachtet. Sie zogen unweigerlich die Blicke auf sich, als würde das ganz neue unbändige Gefühl, das sie beseelte, aus ihren Körpern quellen, sich in ihren Kleidern festsetzen und sie lebendiger machen als alle um sie herum. Sie sprachen nur miteinander, um ihre Gesichter einander annähern zu können und ihre Worte in Küsse zu verwandeln. Ihre Hände berührten sich unaufhörlich. Wenn sie sich entfernten, dann nur um ein paar Augenblicke später um so gieriger wieder übereinander herzufallen. Liebespaare zogen mich an und stießen mich ab.

Als ich die Rechnung bezahlte, warf ich einen letzten Blick auf das Paar mir gegenüber. Der junge Mann streichelte die Wange des Mädchens mit erstaunlicher Zärtlichkeit. Seine Finger waren dick, seine Geste zart. Ihre Beine berührten sich. Die junge Frau sah ihren Geliebten an, als gebe es nichts um ihn herum, als würde ihr ganzes Leben von dieser Liebkosung aufgesaugt und hinge an den Spitzen dieser plumpen Finger. Ich spürte plötzlich eine ungeheure Erleichterung: Ich würde niemals sein wie sie. Ich würde niemals mit meinen Fingern die Wangen einer geliebten Frau streicheln. An diesem sonnigen Sonntagvormittag berührte die Offenkundigkeit dieses Gedankens mein Herz. Anstatt mich traurig zu machen, erfüllte sie mich mit neuer Kraft. Ich würde mich nie mehr wie ein zurückgebliebener Jugendlicher benehmen.

Ich würde niemals wie sie sein, weil ich war, was ich war, und niemand in diesem Restaurant konnte ahnen, was für eine Art Mensch ich war. Niemand konnte ahnen, was ich am Abend zuvor vollbracht hatte. Niemand außer mir hatte getan, was ich getan hatte. Sie kannten diesen glatzköpfigen Mann nicht, der friedlich neben ihnen gegessen hatte. Sie würden diesen Mann niemals kennenlernen.

Ich schloss die Tür des Restaurants, entschlossen, zu Ende zu bringen, was ich begonnen hatte.

DAS VATERUNSER

Eine halbe Stunde später war ich wieder in meinem Viertel. Sobald ich mein Auto sah, das unter den riesigen Ästen der Eiche parkte, ging ich langsamer und versuchte ganz normal zu wirken. Eine Frau fuhr ihr Baby in einem Kinderwagen spazieren. Sie schien sich Sorgen zu machen, vielleicht war ihr Kind krank. Sollte ich ihr zulächeln? Ich ließ sie an mir vorbei, bevor ich zu meinem Auto ging. Unauffällig beugte ich mich über den Kofferraum, um an ihm zu riechen. Ein strenger Geruch ging von ihm aus. Ich musste ihn reinigen, bevor der Geruch nach Scheiße den ganzen Wagen erfüllte. Ich ging ins Haus und hob die Tischdecke auf, in die ich den Körper des angeblichen Mädchens gewickelt hatte. Sie war grauenhaft schmutzig. Ich rollte sie zu einer Kugel und steckte sie in eine Plastiktüte, die ich in den Müll warf. Ich kehrte ins Wohnzimmer zurück, um zu überprüfen, ob die Decke den Teppich beschmutzt hatte. Er stammte aus Kaschmir. Mein Großvater väterlicherseits hatte ihn von einer Reise nach Indien mitgebracht. Ich ging auf allen Vieren, um ihn gründlich zu mustern. Zwei Flecken. Dieser Teppich war wertvoll und das einzige Erbe, das mein Vater von seinem Vater bekommen hatte. Meine Mutter hatte ihn geerbt. Ich hatte ihn immer in unserem Wohnzimmer gesehen. Zahlreiche, mehr erfundene als wahre Geschichten waren um diesen Teppich und vor allem über seinen ersten Besitzer in Umlauf. Mein Großvater hatte in den Höhlen des Himalaya gelebt, den Biss einer Kobra überlebt und sogar an einer Tigerjagd teilgenommen. Sein Teppich hatte mich eine Welt erahnen lassen, die meiner entgegenstand. Als Kind hatte ich stundenlang vor seinen Arabesken vor mich hin geträumt, verschlungene Zeichnungen, in denen ich mal eine Jagdszene erkannte und dann wieder einen Dschungel voller Gefahren oder die Geheimkarte einer geheimnisvollen Welt. Ich floh aus dem Wohnzimmer und ließ die Trauer über meine Kindheit auf diesem fliegenden Teppich zurück.

Ich holte aus der Küche ein nasses Tuch und rieb die beiden Flecken. Das getrocknete Blut verblasste, aber nicht genug. Ich ging zurück, um eine kleine Bürste zu holen, die meine Mutter benutzte, um die Töpfe zu schrubben. Durch kräftiges Reiben gelang es mir, die Flecken vollständig zum Verschwinden zu bringen. Ich wusch die Bürste mit Spülmittel unter dem Wasserhahn und ging dann nach oben. Auf der Treppe hörte ich mein Herz schlagen. Ich hatte geglaubt, es überlisten zu können, indem ich den Augenblick, in dem ich hinaufging, hinausschob. Aber das Herz ist ein unruhiges Tier, immer auf der Hut, schlimmer als ein paranoider Hund.

Ich ging zuerst ins Badezimmer. Das Wasser in der Badewanne hatte eine ekelerregende Färbung angenommen. Ich musste sie so schnell wie möglich reinigen. Ich betrachtete mich im Spiegel und untersuchte den Kratzer neben meinem Auge, das konnte nur eine Katze gewesen sein, was sonst? Ich winkte mir zu. Grüßte mich, fragte mich, wie es mir gehe. Ich antwortete mir, dass es mir gut gehe, dass alles gut laufen würde, dass ich ein reifer, ein entschlossener Mann sei. Meine Trauer war verflogen, die Erinnerung an meine Mutter verblasste.

Ich öffnete die Tür, die zu Mutters Schlafzimmer führte.

Der … Junge hatte sich nicht vom Fleck bewegt. Sein Mund war übertrieben weit geöffnet, sein Atem unregelmäßig. Das rote Kleid lag vor dem Bett, wie ein Haufen schmutziger Lappen.

Ich ging mit dem Kleid in die Küche hinunter und stopfte es in eine Plastiktüte. Ich hatte einen großen Vorrat davon. Meine Mutter hatte immer darauf bestanden, sie aufzuheben. Sie warf ungern etwas weg. Das Haus war voll von leeren Gläsern, Flaschen aller Art, Dosen. Und sie faltete sogar die Einkaufstüten und legte sie in einen Karton, der unter der Spüle stand.

Ich ging in den Hinterhof und warf die Tüte in den Müllcontainer. Dann ging ich mit einem nassen Handtuch wieder ins Schlafzimmer hinauf. Ich benetzte die Lippen des Jungen und tupfte ihm die Stirn ab. Zum ersten Mal bemerkte ich eine breite Wunde auf seinem Kopf. Sie blutete nicht. Dicker Schorf hatte sich bereits gebildet. Er hatte mit Sicherheit einen heftigen Tritt mit dem Stiefel an dieser Stelle erhalten. Seine Finger waren aufgeschürft. Manche Nägel waren abgebrochen und noch schwarz von Erde. Einer war umgeschlagen. Vermutlich war er mit der Kraft der Verzweiflung über den Boden gekrochen, um seinen Angreifern zu entkommen. Ich konnte meine Augen nicht länger verschließen und nicht noch einmal fliehen: Mich erwartete eine ungeheure Aufgabe.

Ich setzte mich neben ihn und betrachtete ihn. Ich hatte noch nie ein solches Schweigen in diesem Zimmer gehört. Ich kannte sehr wenig Schweigen. Im Grunde kannte ich nur das Schweigen meiner Mutter, diese Art, mir ihren Geist aufzuzwingen, mich zu nötigen, die Gedanken, die hinter meiner Stirn herumschwirrten, im Keim zu ersticken. Es geschah etwas in diesem Schweigen, das mich quälte. Ich hatte niemals den Mut aufgebracht, das Geräusch meiner Angst ihr Schweigen übertönen zu lassen.

Seit der junge Mann sich in dem Schlafzimmer befand, hatte ich das Gefühl, ein Schweigen zu teilen, das noch zu frisch war, um es beurteilen zu können, ein Schweigen, das den Staubstrahl, der schräg durch das Fenster fiel, mit einem Schauder bedeckte. Ich flüsterte ein Vaterunser, dann ein zweites.

Meine Mutter hatte verlangt, dass ich dieses Gebet auswendig lernte. So wie sie auch Wert darauf gelegt hatte, dass ich sie zum Gottesdienst begleitete. Ich hatte es ihr übel genommen, dass sie mich gezwungen hatte, mich noch als Jugendlicher wie ein frommes Kind zu verhalten. Wer außer mir konnte damals ein Gebet auswendig aufsagen? Ich hatte mich nie wie die anderen fühlen können. Nur eines erregte mich wirklich: der Schmerz. Ich ritzte mich, heimlich. Ich trug immer lange Hosen und langärmlige Hemden. Wenn es im Sommer richtig heiß war, nannte meine Mutter mich verrückt. Sie hätte es gern gesehen, dass ich mich in einem dieser öffentlichen Schwimmbäder austobte, in denen die Jugendlichen meines Alters in ihre Badehosen urinierten und in ihrem gemeinsamen Dreck schwammen. Eines Tages war ich in meiner krankhaften Neigung ein Stück weitergegangen: Ich hatte mir die Pulsadern aufgeschnitten. Meine Mutter hatte mich, als sie von der Arbeit kam, ohnmächtig vorgefunden. Ich war im Krankenhaus aufgewacht, in dem sie arbeitete. Scham war das Erste, was ich empfunden hatte, als ich das Bewusstsein wiedererlangte. Das Gefühl, nackt vor einer unbekannten Menge zu sein. Meine Mutter war ins Zimmer gestürmt und hatte die Laken meines Bettes hochgehoben, um nachzusehen, ob der Arzt sie nicht falsch informiert hatte. Er hatte ihr von den Narben erzählt, von denen mein Körper übersät war. Sie ohrfeigte mich, bevor sie in Tränen ausbrach. Ich versprach ihr, es nie wieder zu tun.

Ein Priester suchte mich während meines Aufenthalts im Krankenhaus auf. Ein älterer Mann mit schütterem, schmutziggrauem Haar. Es fehlten ihm Zähne, was mich anwiderte. Auf seinem Stuhl sitzend, der schräg zu meinem Bett stand, atmete er geräuschvoll. Er begann mich zu fragen, ob er ein Gebet für mich sprechen könne. Sein stinkender Atem schlug mir entgegen. Ich gab keine Antwort und schloss die Augen, um ihn so schnell wie möglich verschwinden zu lassen. Er war eine Art Krankenhauspfarrer, der sich zwischen den Betten bewegte auf der Suche nach Seelen, die in Kürze ihren Körper verlassen würden. Sein Erscheinen am Bett eines Kranken löste mit Sicherheit Angst vor dem Tod aus, ja beschleunigte ihn sogar noch. Ich hatte nicht die geringste Absicht, in einem Krankenhausbett zu sterben, im Geruch nach Desinfektionsmitteln. Sollte ich sterben wollen, würde ich mir aussuchen, wo und wann ich es würde tun wollen. Ich bewegte diese Gedanken in meinem Kopf hin und her, als die ersten Worte an mein Ohr drangen. Der Priester war nicht gegangen und hatte begonnen, mit seinem stinkenden Mund ein Vaterunser zu sprechen. Ich hielt die Augen geschlossen. Immer verkrampfter in meinem Bett liegend, stellte ich mir vor, die Worte des Gebets würden sich mit schmutzigen Dingen aufladen, schwer werden von widerlichem Gestank. Es hätte mich nicht überrascht, beim Öffnen der Augen vor meinem Bett einen Haufen grauer, klebriger Sabberklümpchen zu sehen, kleine Wortleichen, die aus dem Mund des Priesters gefallen waren. Dieser sprach ein zweites Vaterunser, dann ein drittes. Ich hätte um Hilfe rufen, ihn anschreien können, mich doch bitte in Ruhe zu lassen, aber irgendetwas in mir – eine Steifheit hinter meinen Muskeln – gab nach. Als würde Wasser an meiner Wirbelsäule entlangfließen. Als ich die Augen öffnete, war der Priester gegangen.

Vater unser im Himmel, geheiligt werde dein Name …

Ich kannte diese Worte. Sie waren frei von jedem Schatten, besaßen keinerlei beschwörende Kraft. Und jetzt, in diesem Krankenhausbett, hatten sie zu funkeln begonnen.

DER KRANKENWAGEN

Meine Mutter war klein, knochig, mit deutlich sichtbaren Adern auf den Armen. Sie ging schnell und schien sich ständig zu verspäten. Sie atmete stoßweise, wie ein Tier auf der Lauer. Sie machte keinen glücklichen Eindruck. Dabei war sie eine vorbildliche Krankenschwester, und die Kranken mochten sie. Ich hatte das alles gewusst, als sie selbst krank in dem Krankenhaus lag, in dem sie gearbeitet hatte. Bei jedem meiner Besuche wurde mir unweigerlich versichert, dass meine Mutter »ein besonderer Mensch« sei. In ihrem mehr als dreißigjährigen Berufsleben hatte sie nicht einen einzigen Fehler gemacht und sich nie beklagt. Sie hatte sogar als eine fröhliche Person gegolten, die gelegentlich Witze erzählt hätte. Wie konnte man es nur lieben, sich um intubierte Menschen zu kümmern, stets die Gerüche von Medikamenten und hilflosen Körpern in der Nase, das gelbliche Licht der Deckenleuchter ertragen, die nie ausgehen, und die ungesunde Luft dieser gigantischen Krankenhäuser atmen, die die Abendnachrichten als gesundheitsschädlich bezeichnen. Meine Mutter war eine Heilige.

Ich hätte ihren Mut bewundern, sie wissen lassen sollen, dass ich, ihr eigener Sohn, nicht einmal ein Zehntel dessen hätte vollbringen können, was sie hatte tun müssen, um den Lebensunterhalt für uns beide zu verdienen. Ich hatte ihr nie gesagt, dass sie eine vorbildliche Frau war, eine Frau, die sich selbstlos opferte, geliebt von den Menschen, um die sie sich mit einer guten Laune gekümmert hatte, die sie stets vor mir verborgen hatte.

Denn meine Mutter hatte für mich immer nur ein Gesicht gehabt, das einer traurigen, trotz der Vitalität ihres Körpers gebrochenen Frau.

Ihr Aussehen hatte sich dramatisch verändert in den Monaten, in denen sie zu Hause behandelt worden war. Ihre Haut hatte nicht mehr dieselbe Farbe. Ihre Beine waren geschwollen, ihr übriger Körper war ganz dünn geworden, ihr Gesicht bestand nur noch aus Augen. Gegen Ende konnte sie nicht mehr aufstehen, um zur Toilette zu gehen. Daraufhin hatte ich Windeln gekauft. Ich hatte es mehrmals tun müssen, anfangs waren mir die Blicke der Verkäufer so peinlich gewesen, dass ich gespürt hatte, wie meine Achselhöhlen schweißnass wurden. Aber da man sich an alles gewöhnt, insbesondere an das, was Entsetzen und Abscheu in uns auslöst, fand ich endlich die unauffälligen, notwendigen, nützlichen Windeln. Meine Mutter brauchte sie. Sie wurden angeboten, weil man der Meinung gewesen war, dass sie gekauft würden. Jeder Idiot hätte verstanden, dass diese Windeln immer häufiger verlangt würden, weil die Bevölkerung immer älter wurde. Ich war überzeugt, dass die Welt einen Zweck hatte, dass Gott ihn wollte und dass diese Windeln ein Vorzeichen waren.

Dem jungen Mann eine Windel anzulegen war einfacher, als ich gedacht hatte. Ich holte ein Strandtuch aus dem Badezimmer, das meine Mutter von einer Patientin bekommen hatte und das mit einer Libelle bestickt war. Die Patientin hatte sie selbst gestickt. Es war also nach den Kriterien meiner Mutter ein originelles Geschenk. Es war auch das erste und letzte Geschenk, das sie von einer Patientin bekommen hatte. Sie hatte dieses Badetuch nie benutzt, sondern für eine besondere Gelegenheit aufbewahrt, die sich nie ergeben hatte. Ich deckte den jungen Mann mit dem Badetuch zu.

Ich ging hinunter, um mir einen Kaffee zu machen, und dann saß ich reglos da und wartete, bis es Abend wurde. Gegen elf öffnete ich die Haustür. Die Straße war menschenleer. Ich hörte das elektrische Knistern der Laternen und sah ein paar Fenster, die noch erleuchtet waren. Kein einsamer Spaziergänger, kein Liebespaar auf der Suche nach einem diskreten Ort. Ich öffnete den Kofferraum meines Wagens, inspizierte ihn kurz und ging wieder ins Haus.

Ich kam mit einem Eimer voll Javelwasser zurück. Ich hatte Gummihandschuhe angezogen. Ich reinigte den Kofferraum und entsorgte den Inhalt des Eimers und die Handschuhe in einem Gully in der Nähe des Wagens. Dann kehrte ich ins Haus zurück, ging nach oben und hob die Perücke auf, die auf dem Badezimmerboden lag, steckte sie in eine Plastiktüte und ging in den Hinterhof, um sie in den Müllcontainer zu werfen. Doch dann änderte ich plötzlich meine Meinung, ging wieder hinauf und räumte sie in die Kommode meiner Mutter. Als ich die Schublade schloss, spürte ich einen Blick, der wie ein Insekt über meinen Rücken lief. Ich drehte mich abrupt um. Der junge Mann schlief oder befand sich in einer Art Koma, ich konnte es nicht so genau erkennen.

Ich betrachtete ihn. Zum ersten Mal machte ich mir ernsthaft Gedanken über seinen Gesundheitszustand. Vielleicht hätte ich ihn ohrfeigen sollen, um ihn aus seiner Lethargie zu reißen? Aber ich war mir nicht sicher, ob das die richtige Vorgehensweise war, die vermutlich von Drehbuchautoren erfunden worden war. Meine Mutter hätte sich niemals erlaubt, einen bewusstlosen Kranken zu ohrfeigen, um ihn wieder zu sich zu bringen.

Wie sollte man einen Menschen in seinem Zustand ernähren? Und in was für einem Zustand befand er sich überhaupt? Wie sollte ich das wissen? Wie sollte ich ihn behandeln? Falls er starb, was sollte ich mit ihm machen? Mit seinem Körper? Und wenn er überlebte?

Bevor all diese Fragen mich lähmten, öffnete ich die Tür zum Badezimmer und verbrachte eine gute Stunde damit, die Badewanne von den Schmutzringen zu befreien. Dann ließ ich mir ein heißes Bad ein. Alles vergessend, was ich in den letzten vierundzwanzig Stunden erlebt hatte, schloss ich die Augen und glitt nach und nach in einen Traum, in dem ich erneut von einem Pfeil verfolgt wurde. In panischer Angst floh ich in einen morastigen Wald. Das Laufen wurde immer anstrengender, meine Stiefel sanken im Morast ein. Ich steckte fest im Schlamm und konnte mich nicht mehr befreien. Ich rief um Hilfe. Eine Frau versuchte mir zu helfen, aber es war zu spät. Angewidert, als hätte ich mich in das schmutzige Wasser des jungen Mannes gesetzt, sprang ich aus der Wanne. Ich trocknete mich ab, ging in mein Zimmer, zog einen Flanellpyjama an, den ich trug, wenn das Thermometer unter null Grad sank, rollte mich in meine Decken ein und genoss das plüschig-sanfte Gefühl des Stoffs auf meiner Haut.

Doch ich konnte nicht mehr einschlafen. Der Traum verfolgte mich immer noch. Die Frau, die mir zu Hilfe gekommen war, erinnerte mich an die Krankenschwester, die meine Mutter zu Hause gepflegt hatte, bevor sie ins Krankenhaus eingewiesen worden war. Als ich sie das erste Mal gesehen hatte, empfand ich sofort so etwas wie Zuneigung zu ihr. Josiane Gravel war nicht schön. Ich hatte sie tagelang heimlich beobachtet, um herauszufinden, was ihre Hässlichkeit ausmachte. Denn sie sprang einem geradezu in die Augen, wenn man sie zum ersten Mal sah. Zumindest hatte ich mir das gesagt, auch wenn ich sehr wohl wusste, dass es in der Stadt sicher eine Person gäbe, die behaupten würde, diese Frau sei zwar nicht schön, habe aber doch ein angenehmes Äußeres. Im Grunde beruhigte mich ihre Hässlichkeit, und ich konnte mir durchaus vorstellen, Josiane Gravel lieben zu können. Ich hätte mich gar nicht besonders anzustrengen brauchen.

Zum ersten Mal in meinem Leben schien sich mir die Möglichkeit zu bieten, eine Frau anzusprechen. Natürlich hatte ich mich schuldig gefühlt, solche Gefühle zuzulassen, während meine Mutter um ihr Leben kämpfte und Höllenqualen litt. Ich stellte mir vor, unsere Hochzeit würde unmittelbar nach ihrem Tod stattfinden. Ich ahnte, dass meine Trauer so schmerzlich sein würde, dass nur ein Ereignis wie eine Hochzeit mich vor dem Abgrund retten könnte. Ich würde meine junge Frau abgöttisch lieben, ich würde Arbeit finden. Ich würde das Haus in Ordnung bringen. Unter Ordnung verstand ich eine neue Ordnung: Ich würde die Wände einreißen, die Fenster erneuern, die halb morsch waren, den alten staubigen Plunder aus dem Haus schaffen und neue Möbel kaufen. Und ich würde vor allem die Eiche fällen lassen, die das Haus in ihren Schatten tauchte.

Ich hatte angefangen, mit wachsendem Unbehagen ihr Kommen abzupassen. Ich hoffte den Mut aufzubringen, sie anzusprechen und ihr meine Absichten zu erklären. Sie verhielt sich distanziert mir gegenüber und eilte, wenn sie kam, immer sofort in das Zimmer meiner Mutter. Diese Zurückhaltung gefiel mir natürlich. Sie war keine Frau, die sich leicht erobern ließ. Das bewies mir, dass sie nicht wie alle anderen war. Daher wurde ich an dem Tag, an dem sie mir mitteilte, dass meine Mutter dringend ins Krankenhaus müsse, von einem Gefühl übermannt, wie ich es so intensiv noch nie in meinem Leben empfunden hatte. Selbst die eisige Verzweiflung, die mich dazu getrieben hatte, mir die Pulsadern aufzuschneiden, hatte mich nicht so zu erschüttern vermocht. Ich musste mich setzen, was die Krankenschwester beeindruckte, die mir sofort ein Glas Wasser brachte und mir eine Hand auf die Schulter legte. Ich trank das Wasser.

Josiane Gravel erklärte mir, dass die Tage meiner Mutter gezählt seien. Sie leide unnötig. Im Krankenhaus bekomme sie eine Palliativpflege, die ihre Schmerzen lindern würde. Im Grunde hätte meine Mutter schon längst ins Krankenhaus verlegt werden müssen, aber sie hatte sich immer dagegen gesträubt. Ich verstand sie. Sie kannte die Rituale und Qualen, die Ängste und Albträume eines Todeskampfes, der im Namen des Mitgefühls künstlich verlängert wird. Da sie so viele Jahre mit Kranken gearbeitet hatte, konnte sie besser die Distanz ermessen, die einen Gesunden von jemandem trennte, der bereits vom Tode gezeichnet war.

Als Josiane Gravel mir ihre Hand auf die Schulter gelegt hatte, begriff ich: jetzt oder nie. Mit trockenem Mund gelang es mir, ihr zu sagen, dass ich sie gern so schnell wie möglich heiraten würde, sobald meine Mutter gestorben sei.

Sie sah mich nachdenklich an.

Ich hatte geglaubt, sie würde meinen Antrag annehmen. Mein Herz hüpfte in meiner Brust. Doch sie wich zurück, wirkte mit einem Mal sprachlos. Mit kleinen mechanischen Bewegungen neigte sie ihren Kopf von links nach rechts. Ich stand auf, um sie in die Arme zu nehmen. Sie ohrfeigte mich und entschuldigte sich sofort. Ich wiederholte meinen Antrag, meine Stimme zitterte. Josiane Gravel sah mich daraufhin mit solcher Verachtung an, dass es mir weniger weh getan hätte, wenn sie mir ins Gesicht gespuckt hätte. Ihre Hässlichkeit, an die ich mich gewöhnt und die im Laufe der Zeit dazu geführt hatte, dass ich Mitleid mit ihr empfand, aber auch Sympathie, die sich, wie ich gehofft hatte, in tiefe Zuneigung verwandelt hätte, diese so sehr geliebte Hässlichkeit entsetzte mich plötzlich.

Bevor sie zu meiner Mutter zurückgekehrt war, hatte sie mich angeschrien, dass sie bereits einen Verlobten hätte. Das war reine Bosheit ihrerseits. Hatte sie erraten, dass sie mich damit am meisten verletzen konnte? Ich verfluchte diese Frau, die damit prahlte, mit einem Verlobten zu schlafen, und die mich mit einem kaum verhohlenen Lachen zurückwies, als wäre ich es nicht wert, sie auch nur anzublicken. Als der Krankenwagen meine Mutter abholte, sah ich Josiane Gravel zum letzten Mal. Und ich bemerkte, dass sie sich die Haare färbte. Ihr angeblich blondes Haar war dunkler nachgewachsen.

Während ich meine Mutter zum Krankenwagen begleitete, überraschten mich die Vergänglichkeit der Gefühle und ihr gefährliches Potenzial. Diese Frau, mit der ich ein paar Augenblicke zuvor noch mein Leben hatte teilen wollen, diese Frau widerte mich jetzt an. Und ich schämte mich dafür. Nicht sie war hässlich, sondern ich.

DER EIFFELTURM

Dumpfe Geräusche weckten mich. Schreckliches Grunzen. Man hätte meinen können, das Röcheln eines teuflischen Tiers. So sehr ich mir auch einredete, es sei ungefährlich, zu schwach, um mir etwas zu tun, und mir immer wieder sagte, dass vor allem er Hilfe benötige, versteckte ich mich doch wie ein kleiner Junge unter meinen Decken. Ich wagte kaum zu atmen.

Wer war dieser Mann, den ich, als Frau verkleidet, nach Hause mitgenommen hatte? Diese Frage hallte wie ein Alarm durch die Nacht. Ich hätte ihn anbinden sollen.

Nach einer Weile hörten die Geräusche auf. Ich schaltete meine Nachttischlampe an und suchte mit dem Blick nach etwas, das mir als Waffe dienen könnte. Eine Miniaturnachbildung des Eiffelturms, die auf der Kommode gegenüber meinem Bett stand, war von einer dicken Staubschicht bedeckt. Ich stand auf und wog mit der Hand ihr Gewicht ab. Trotz ihrer geringen Größe war sie ziemlich schwer. Ein kräftiger Schlag auf den Kopf. Ja. Das sollte reichen. Endlich würde dieser dämliche Gegenstand zu etwas nütze sein.

Auf Zehenspitzen ging ich ins Schlafzimmer meiner Mutter. Ein bläuliches Licht zeichnete Streifen auf den Körper des Mannes. Das Strandtuch lag auf dem Fußboden. Den Eiffelturm fest umklammernd, schaltete ich die Deckenlampe ein. Der Mann reagierte; er öffnete den Mund, als wollte er mir etwas sagen, wurde dann aber sofort ohnmächtig. Ich näherte mich ihm, bereit, ihn zu betäuben. Ich wartete eine Weile. Nicht die geringste Bewegung, nicht das geringste Grunzen. Wie sollte ich sicher sein, dass er mir nicht etwas vormachte?

Ich kehrte in mein Zimmer zurück, öffnete den Kleiderschrank, nahm vier Krawatten heraus und beeilte mich, seine Arme und Beine an den Bettpfosten festzubinden. Sein kreuzförmiger Körper hatte keinen Tonus mehr. Beruhigt berührte ich seine Stirn. Sie war glühend heiß. Ein positives Zeichen: Sein Körper kämpfte. Ich deckte ihn mit dem Strandtuch zu und legte mich wieder schlafen.

Ich schlief nicht sofort ein. Ich hatte den Miniatureiffelturm auf die Kommode zurückgestellt und starrte ihn an. Ich erinnerte mich, dass ich diese Nippesfigur schon beim Auspacken gehasst hatte. Ich hatte mir ein Lächeln für meine Mutter abgequält, die ihn mir geschenkt hatte. Dass sie mir dieses Ding geschenkt hatte, war für mich der Beweis gewesen, wie wenig sie mich kannte, wie sehr sie und ich ein gefährliches Paar bildeten, das sich weh tat, obwohl es sich etwas Gutes tun wollte. Sie hatte mir dieses Souvenir von der einzigen Reise mitgebracht, die sie sich in ihrem Leben gegönnt hatte. Eine Woche mit einer Gruppe von Krankenschwestern unterwegs, hatte sie natürlich Paris besucht, aber auch Rom und Venedig. Sie war erschöpft, aber begeistert zurückgekommen. Ich hatte sie nie so gesprächig erlebt. Der Besuch des Petersdoms in Rom war der Höhepunkt ihrer Reise gewesen. Sie habe dieselbe Luft wie der Papst geatmet, hatte sie, immer noch bewegt, gerufen, und sogar das Grab von Johannes XXIII. in den Vatikanischen Grotten berührt. Vor allem aber hatte sie der Besuch einer kleinen Kirche erschüttert, in der der Körper einer Seliggesprochenen aufgebahrt war. Sie hatte ihren Glassarg unter dem Gewölbe einer Kapelle bemerkt. Die junge Frau habe darin in ihrer Ordenskleidung gelegen. Sie sei schön wie eine Schnittblume gewesen. Für meine Mutter war es unbegreiflich, wie ein Leichnam so lange so schön, so intelligent, so anziehend habe bleiben können. Die Nonne sei vor mehr als einem Jahrhundert gestorben. Mit tränenumflorter Stimme hatte meine Mutter mir damals erzählt, sie habe einem echten Wunder beigewohnt. Der Körper der Seliggesprochenen habe zu funkeln begonnen. Das Phänomen habe nur ein paar Sekunden gedauert, ein bisschen wie eine Glühbirne, die, bevor sie endgültig erlischt, noch einmal aufblitzt.

Diese Geschichte der Seliggesprochenen hatte mich zuerst bewegt und dann unverhohlen genervt. Ich hatte eine Woche auf meine Mutter gewartet und sie verflucht, weil sie mich allein gelassen hatte. Dabei war ich kein Kind mehr, ich konnte mich durchaus um das Haus und um mich selbst kümmern. Meine Mutter hatte mir geduldig erklärt, dass diese Reise für Krankenschwestern organisiert worden sei und dass keine von ihnen ihre Kinder mitnehmen würde. Doch als ich sie mit ihren Koffern hatte aufbrechen sehen, hatte ich ihr alles Unglück der Welt gewünscht. Ein paar Tage später bezichtigte ich mich zahlreicher Fehler und rammte mir einen Nagel in den Schenkel, um mich zu bestrafen. Als sie mir nach ihrer Rückkehr von ihren Gefühlen vor dem gläsernen Sarg erzählte, bekam ich ein mulmiges Gefühl. Ich nahm es meiner Mutter übel, dass sie mich wegen einer Toten vergessen hatte, einer Toten, die nicht verweste, eine ewige Tote. Im Nachhinein war mir meine Reaktion kindisch vorgekommen, aber ich hatte trotzdem gelitten. Meine Not war so groß gewesen, dass ich nach ihrer Rückkehr meinen erbärmlichen Selbstmordversuch begangen hatte. Der Miniatureiffelturm war in meinem Kopf lange mit dieser düsteren Zeit verbunden. Die gehasste Nippesfigur deutlich sichtbar auf meiner Kommode stehen zu haben war eine subtile Form der Strafe gewesen, die seitdem jeglichen Sinn verloren hatte.

DAS SONDERANGEBOT

Ich wachte mittags auf. Es war mir immer schon schwergefallen, morgens aus dem Bett zu finden. Nicht aus Faulheit. Jeder Tag, der begann, verursachte mir Bauchschmerzen. Ich kannte diese Lebenslust nicht, die, wie es scheint, aus dem morgendlichen Zwitschern der Vögel schallt und in den sonnendurchfluteten Vorhängen explodiert. Vor allem seit dem Tod meiner Mutter kam es nicht selten vor, dass ich erst spät aufstand. Doch an diesem Morgen brauchte mich jemand, und ich hätte früher aufstehen müssen. Ich eilte in das Schlafzimmer meiner Mutter.

Als ich ihn im Tageslicht sah, war ich schockiert. Sein Gesicht, geschwollener als am Tag zuvor, war blau geworden. Eindrucksvolle Blutergüsse bildeten gelbe und schwarze Flecken auf seinem Körper.

Ich begriff nicht, was da vor sich ging. Ich hätte mir gewünscht, über die Kenntnisse meiner Mutter zu verfügen. Ich ging ins Wohnzimmer hinunter und blätterte in ihrer Medizin-Enzyklopädie, die bei ihren Kochbüchern und den Romanen einer Kollektion stand, die sie abonniert hatte. Nachdem ich eine Viertelstunde lang nach einer Erklärung gesucht hatte, musste ich den Tatsachen ins Auge sehen: Ich würde in diesem Buch nicht den Fall eines jungen Mannes finden, der von vier Reitern der Apokalypse zusammengeschlagen und auf einem langen Ast aufgespießt worden war. Enttäuscht schloss ich die Enzyklopädie. Durch das Wohnzimmerfenster sah ich, wie der Briefträger einen Umschlag in den Briefkasten warf. Ich bekam selten Post, abgesehen von Rechnungen, Prospekten und Rundschreiben aller Art. Da ich immer noch im Pyjama war, vergewisserte ich mich, bevor ich den Umschlag holte, ob Nachbarn mich sehen könnten. Eine Frau sammelte auf ihrem Rasen die ersten herabgefallenen Herbstblätter auf, noch nicht sehr viele zu dieser Zeit des Jahres. Als sie sich vorbeugte, um die Blätter in eine orangefarbene Plastiktüte zu stopfen, nutzte ich die Gelegenheit, um meine Post zu holen. Doch sie hob sofort den Kopf. Ich ärgerte mich. Sie hatte mich gesehen, kein Zweifel. Die Tatsache, dass jemand nach zwölf Uhr noch im Pyjama herumlief, musste verdächtig wirken und hässlich interpretiert werden, davon war ich überzeugt.

Der Brief kam von dem Friedhof, auf dem meine Mutter beerdigt worden war. Die Friedhofsleitung dankte mir, dass ich ihre Dienste in Anspruch genommen hatte, fragte mich, ob ich zufrieden sei, erinnerte mich daran, dass seit diesem traurigen Ereignis neun Monate vergangen seien, hoffte, dass die Zeit meinen Kummer gelindert habe, und bot mir ein auf mich zugeschnittenes Programm an, das Gedenkgottesdienste, Blumen und Grabpflege beinhalte, mit einer beträchtlichen Ermäßigung, falls ich mich, natürlich, vor dem 1. Dezember für dieses Sonderangebot entscheiden sollte!

Was mich an diesem Werbeangebot am meisten störte, waren die Gedenkgottesdienste. Ich mochte diese abgeschmackten und herzzerreißenden Rituale nicht und sah auch nicht ein, was meine Teilnahme an einem Gottesdienst mir bringen sollte. Im Grunde hatte die Kirche nichts mit der Seele meiner Mutter zu tun oder mit dem Blick Gottes auf diese Seele und ihre ewige Ruhe. Ich regelte mein Verhältnis zu Gott selbst. Meine Vaterunser waren in meinen Augen tausendmal echter als die Predigten eines Pfarrers.

Ich zerriss den Brief mit dem Gefühl, dass die sterbliche Hülle meiner Mutter mir immer weniger gehörte, dass sie sich in den Händen einer Institution befand, die sie wie ein auswechselbares Produkt behandelte. Blumen auf ihr Grab pflanzen, das Unkraut ausrupfen und das Grab im Winter vom Schnee befreien bedeutete wenig, verglichen mit all dem, was meine Mutter für mich getan hatte. Ich brauchte dieses Sonderangebot nicht, um ihr Andenken zu ehren. Ich würde mich selbst um ihr Grab kümmern. Und ich würde mich selbst um den jungen Mann kümmern. Ich wollte einen Weg finden, ihn gesund zu machen, ich brauchte niemanden. Im Übrigen ging es ihm schon besser. Die blaue Farbe seines Gesichts deutete darauf hin, dass unter seiner Haut etwas geschah. So einfach war das: Etwas arbeitete unermüdlich in ihm, um die Muskeln wiederherzustellen und die beschädigten Gewebe zu reparieren. Der durch die Risswunden und Quetschungen verursachte Eiter wurde nach und nach abgesondert. Das schlechte Blut würde bald durch die Poren ausgeschieden sein. Ich brauchte mir nur meine armseligen Narben anzuschauen, um zu begreifen, wie gut die Haut sich um sich selbst zu kümmern vermag. Der junge Mann arbeitete an seiner Genesung. Beruhigt durch diesen Gedanken, kehrte ich in das Schlafzimmer meiner Mutter zurück.

DAS PRÄSERVATIV

Ich öffnete das Fenster, um zu lüften, und sah mir sein geschwollenes Gesicht genauer an. Meine Mutmaßungen zerschlugen sich. Nein, der junge Mann war nicht auf dem Weg der Besserung. Die bläuliche Färbung seines Gesichts hatte nichts mit den Blutergüssen seines Körpers zu tun, nichts mit der natürlichen Abstoßung subkutaner Abfälle. Dieser junge Mann, dessen war ich jetzt sicher, erstickte.

Ich beugte mich über ihn, um seinen Atem besser hören zu können, der nur noch ein beunruhigendes hohes Pfeifen war. Hatte das Festbinden von Füßen und Händen vielleicht den Blutkreislauf blockiert? Mit einem raschen Blick stellte ich fest, dass ich die Krawatten nicht zu fest verknotet hatte. Irgendetwas stimmte nicht. Ich öffnete seinen Mund und bemerkte eine eindrucksvolle Ansammlung von Speichel hinten in seinem Hals. War er im Begriff zu ertrinken? Ich ging in die Küche hinunter, um meine Gummihandschuhe zu holen, doch unten angekommen, erinnerte ich mich, dass ich sie am Abend zuvor weggeworfen hatte. Ein Vaterunser brüllend, stürmte ich wieder hinauf und steckte ihm den Zeigefinger in den Mund. So gut ich konnte, stocherte ich in seinem Hals herum, um ihn von der Spucke zu befreien, die zäh wie Klebstoff war. Ich wischte gerade meinen Finger am Badetuch ab, als er einen Krampf bekam, dem ein Röcheln folgte. Verzweifelt öffnete er den Mund, in dem deutlichen Versuch zu atmen. Ich steckte ihm erneut den Finger in den Mund und berührte ganz hinten in seinem Hals etwas erstaunlich Weiches. Mit Zeigefinger und Daumen bildete ich eine Pinzette und zog daran. Einen Augenblick lang glaubte ich, ich würde ihm ein Stück seines Fleisches ausreißen. Doch dann bemerkte ich zu meiner Verblüffung, dass ich ein Präservativ in der Hand hielt. Ich stürzte ins Badezimmer, um mich zu übergeben. Den Kopf in der Kloschüssel, zweifelte ich nicht mehr daran, dass dieser junge Mann trotz seiner sexuellen Abweichung das ganze Mitgefühl verdiente, das ich niemals für irgendjemanden hatte empfinden können. Ich musste davon absehen, dass er sich als Frau verkleidet hatte, was der offensichtliche Grund für sein gegenwärtiges Unglück war. Die Misshandlungen, denen er ausgesetzt gewesen war, überstiegen jede Vorstellungskraft. Sein Leiden kam mir wie ein riesiges verletztes Feld vor, wo das Böse das Blau infizierte, so weit das Auge reichte.

DAS AUGE

Zwei Tage später ging es ihm besser. Ich hatte das Strandtuch weggeworfen, die geblümte Tagesdecke vom Bett genommen, den jungen Mann in saubere Laken gelegt und eine antiseptische Salbe gekauft, um seine Wunden zu desinfizieren. Ich gab ihm Apfelsaft zu trinken. Nach langem Zögern beschloss ich, ihn mit Gemüse zu ernähren. Ich bereitete ihm ein Püree aus Kartoffeln und Karotten zu, das er ausspuckte. Ich versuchte mein Glück mit in Joghurt getauchten Erdbeerstücken. Er aß ein paar Löffel davon. Sein Gesicht hatte seine blaue Färbung verloren und begann abzuschwellen. Ich befreite ihn von den Krawatten, mit denen ich ihn festgebunden hatte. Ich hatte keinen Grund, mich vor einer Person zu schützen, die ich wie eine leblose Puppe manipulierte. Sein Gesicht hatte mehr oder weniger seine Beweglichkeit wiedergewonnen. Manchmal öffnete er die Augen, doch sein Blick blieb vage. Die meiste Zeit schlief er, stöhnte, wachte auf und schlief wieder ein. Später schaffte ich es, ihn dazu zu bringen, Zerealien in warmer Milch zu sich zu nehmen.

Der Schlag, den er auf den Kopf erhalten hatte, hatte mit Sicherheit Nachwirkungen hinterlassen. Er bewegte die Arme, aber ich sah ihn nie die Beine bewegen. Seine Position im Bett veränderte sich kaum. Morgens fand ich ihn so vor, wie ich ihn am Abend verlassen hatte. Manchmal glaubte ich auf seinen Lippen die Andeutung eines Lächelns wahrzunehmen. Ich verwarf den Gedanken sofort wieder. Wieso hätte er in seinem Zustand und nach derartigen Demütigungen lächeln sollen?

Als es Nacht geworden war, öffnete ich das Fenster meines Zimmers, um die frische, nach feuchter Erde duftende Herbstluft hereinzulassen. Ich mummelte mich in meine Decken ein und bat Gott, mir meine Unzulänglichkeiten, meine Schwächen und meine Engstirnigkeit zu vergeben. Ich hatte den Entschluss gefasst, mich mit Leib und Seele diesem jungen Mann zu widmen. Er hatte nichts mit mir zu tun, ich hatte keinen Grund zu handeln, wie ich es tat. Dieser verblüffende Mangel an Logik erfüllte mich mit Euphorie. Ich bewegte mich in den Fußstapfen dieser Menschen, die ihre Selbstverliebtheit, ihren Narzissmus und ihren Egoismus abgestreift hatten.

Einmal öffnete ich eines seiner Augen. In Bann geschlagen von diesem starren Auge, dessen Grün ins Gelbe ging, hatte ich das Gefühl, einen Edelstein zu entdecken. Das Auge lebte von sich aus, losgelöst von jedem menschlichen Ausdruck, und plötzlich durchrieselte mich ein Schauer von Kopf bis Fuß: Er hatte mich angeschaut. Sein Auge drückte eine dermaßen starke Präsenz aus, dass ich aus dem Zimmer rannte. Für den Bruchteil einer Sekunde nahm ich die Seele dieses Mannes wahr. Mein Bewusstsein war jenseits des flüssigen Grüns seines Auges in alles eingetaucht, was er seit seiner Geburt erlebt hatte. Als wäre ich mit Tausenden von Gedanken und Erinnerungen in Berührung gekommen, die mir nie gehört hatten, Tausenden von Empfindungen und Gefühlen, die ich nie gehabt hatte. Ich hatte soeben in diesem einzigen Blick so viel Hass erkannt, dass ich glauben musste, ich hätte mich selbst kennengelernt. Ein Augenblick ekelhafter Anziehung, kurz wie ein Messerstich. Dieser Mann war nicht irgendwer. Er hatte Dinge begangen, deren Glanz ich ahnte, ohne jedoch den Schatten eines Wortes auf sie zu werfen.

Ich wagte nicht mehr, seine Lider hochzuziehen.

DIE BIBEL

Bevor sie mich ins Bett brachte, las mir meine Mutter aus der Bibel vor. Sie wusste, dass sie sich, was meine religiöse Erziehung betraf, nicht auf die Schule verlassen konnte. Eines Abends erzählte sie mir von dem Massaker der Unschuldigen: Da die Heiligen Drei Könige Herodes die Ankunft eines neuen Königs vorhergesagt hatten, befahl dieser, dass man in der Gegend von Bethlehem alle männlichen Kinder bis zu zwei Jahren töten solle.

Mein kindlicher Schlaf war davon empfindlich gestört worden. Bilder von Kindern, die von Soldaten getötet wurden, verfolgten mich. Hinter meinen geschlossenen Lidern drängten sich beängstigende Visionen: blutüberströmte Babykörper, durchbohrt von Schwertern und Lanzen, abgeschlagene Arme und Köpfe, Klagen der Mütter, höhnisches Gelächter der Soldaten. Warum hatte die Geburt Christi den Tod von Tausenden von Kindern erfordert, hatte ich meine Mutter gefragt. Sie hatte mir geantwortet, dass das Leben Christi tausendmal mehr wert sei als das Leben irgendeines anderen Kindes. Ich verstand nicht. Einige Zeit später teilte ich meiner Mutter mit, dass ich Priester werden wolle. Ich hatte damals nicht genügend Phantasie, um ihr meine Liebe anders zu beweisen. Vor allem aber war ich eifersüchtig auf Christus, auf sein Leiden, das tausendmal mehr wert war als meines. Ich wollte besser als Er leiden. Lange waren meine Nächte von Albträumen erfüllt gewesen, in denen ich vor einem Hintergrund aus Angst wieder das Opfer von Kindern erlebte, die ihren Müttern entrissen wurden.

Diese vergessene Periode meiner Kindheit war auf unerwartete Weise wieder an die Oberfläche gekommen, als mein Großvater väterlicherseits gestorben war. Auf seiner Beerdigung schenkte meine Großmutter mir ein Buch, das er in seiner Jugend geschrieben hatte. »Du wirst bald in dem Alter sein«, sagte sie, »in dem er war, als er es geschrieben hat. Ich bin sicher, er hätte gewollt, dass du es liest.« Ich umarmte meine Großmutter, die ich nicht mehr wiedersah, und verließ sie mit dem Erbe meines Großvaters unter dem Arm.

Es handelte sich um ein Reisetagebuch, von ihm selbst publiziert. Mein Großvater hatte es während seines Aufenthalts in Indien 1940 geführt. Vor allem eine Passage beschäftigte meine Phantasie. Mein Großvater hielt sich in Goa auf, damals eine portugiesische Kolonie. Er hatte eine kleine Kirche in einem Küstendorf betreten, weil er an einer Messe teilnehmen wollte, um mit der Seele seiner Mutter zu kommunizieren, die ein paar Monate vor seiner Abreise gestorben war. Während des Gottesdienstes war sein Blick auf das imposante Kruzifix über dem Altar gefallen. Der Schmerz Christi war ihm damals abscheulich vorgekommen. »Wie hatte ich einen gefolterten, gevierteilten Mann auf einem Kreuz mit leidendem Gesicht und flehendem Blick anbeten können?«, hatte er an jenem Tag geschrieben. Am Tag zuvor hatte er einen Hindutempel besucht. Er hatte ihn stark beeindruckt verlassen, fasziniert von dem festlichen Treiben, das an diesem heiligen Ort herrschte, wo Hunderte von Leuten zwischen butterglänzenden, mit Blütenblättern bedeckten Statuen herumschlenderten. Eine tiefe Überzeugung hatte sich in ihm gebildet: Man kann nicht in Frieden mit sich selbst leben, wenn man vor dem Bild der Schwäche und Abdankung niederkniet, das der gekreuzigte Christus darstellt. Sein Leiden würde die Welt nicht retten. Das Leiden war der sinnloseste Teil der Schöpfung. Es sei besser, schrieb der junge Mann, der mein Großvater damals war, sich in der ungewöhnlichen Vitalität der Hindugottheiten zu betäuben. Warum können Götter nicht tanzen, singen, lachen?

Die Lektüre dieser Passage riefen mir meinen kindlichen Schrecken in Erinnerung, den der Bericht des Massakers der Unschuldigen ausgelöst hatte. Ich gab meinem Großvater recht: Das Leiden Christi war nicht wichtiger als meines. Niemand sollte für Ihn leiden und sterben, vor allem nicht die Kinder.

Ich brauchte Christus nicht, ich hatte mein Vaterunser.

DER FILM

Ich hatte ihn Jean genannt, zu Ehren von Johannes XXIII., dem Lieblingspapst meiner Mutter. Seit einem Monat überprüfte ich täglich die Fortschritte seiner Genesung. Seine oberflächlichen Verletzungen waren praktisch verheilt. Seine Blutergüsse waren verblasst. Ich prägte mir jeden Kratzer, jede Hautabschürfung ein. Ich kratzte sogar an seinen dicksten Schorfkrusten. Dafür zog ich Gummihandschuhe an, von denen ich mir einen reichlichen Vorrat zugelegt hatte. Ich trug sie auch bei seiner täglichen Toilette. Als ich mich an diese neue Intimität gewöhnt hatte, verzichtete ich schließlich auf die Gummihandschuhe und desinfizierte mir lediglich die Hände. Nach einer Weile sah ich sogar davon ab.

Ich wusste, dass sich bei einer bettlägerigen Person Wundliegeschwüre bilden konnten. Nicht meine Mutter hatte mir das erklärt, ich hatte es in einem Fernsehfilm gesehen: eine abscheuliche Geschichte, in der eine gestörte Frau, um ihren Mann zu bestrafen, der sie wegen eines anderen verlassen hatte, ihre Tochter krank machte, indem sie sie in kleinen Dosen vergiftete. Das Kind lag monatelang in seinem Bett, bevor es starb. Was mich an dieser Geschichte am meisten verblüfft hatte, war just der Ausdruck »Wundliegegeschwüre«, den der Gerichtsmediziner während des Prozesses benutzt hatte. Man beschuldigte die Frau nicht nur, dass sie ihre eigene Tochter vergiftet hatte, sondern auch, dass sie sie nicht umgebettet hatte, was in den Augen des Staatsanwalts unzweifelhaft die Perversität der Angeklagten bewies. Auch wenn zwanzig Jahre vergangen waren, seit ich den Film gesehen hatte, brauchte ich nur die Augen zu schließen, um erneut die Fotos dieses Mädchens vor meinem inneren Auge vorbeiziehen zu sehen, die der Arzt den Geschworenen zeigte, Fotos, auf denen diese eigentümlichen »Wundliegegeschwüre«, rot eingekreist, deutlich sichtbar waren. Hatte ich im Laufe der Jahre dieses Szenario auf groteske Weise verändert? Vielleicht. Aber das Wesentliche war diese besondere Aufmerksamkeit, die ich dem Ausdruck »Wundliegegeschwüre« schenkte, als würde das Bett selbst leiden, Wunden bekommen, aus denen Blut und Eiter traten. Deswegen hatte ich, als meine Mutter krank geworden war, Josiane Gravel eingeschärft, sie regelmäßig umzubetten, um zu verhindern, dass sich derartige Geschwüre bildeten. Ich hatte es ihr in sehr kurzer Zeit so oft wiederholt, dass die Krankenschwester, die ich damit sicher zur Verzweiflung gebracht hatte, ohne dass sie es mir zeigte, jedes Recht der Welt hatte anzunehmen, dass ich den Verstand verlor, da Wundliegegeschwüre sich nicht von einem Tag auf den anderen bilden, wie ich später lernte. Da ich vermutete, es könnte Jean unangenehm sein, wenn ich ihn ständig in seinem Bett umdrehte, wie ich es in den ersten Tagen tat – was eine große körperliche Anstrengung für mich bedeutete –, hatte ich mir schließlich die Mühe gemacht, in der Medizin-Enzyklopädie nachzulesen, was sich hinter dem Begriff »Wundliegegeschwür« verbarg. Die Beschreibung beruhigte mich. Ein Wundliegegeschwür bildete sich nicht so leicht, es brauchte Zeit dafür. Dennoch beschloss ich, Jean vorsorglich jeden Dienstag und Samstag umzubetten.

Seine schmutzigen Laken und Windeln zu waschen war eine Prüfung für mich. Ich hielt mir die Nase zu, hielt meine Tränen zurück und brachte noch Stunden danach keinen Bissen runter. Nach einer gewissen Zeit begann ich, stolz darauf zu sein, und eine unglaubliche Ruhe überkam mich. Diese täglichen Aufgaben näherten mich meiner Mutter an. Hatte sie nicht als Krankenschwester genau diese Handlungen verrichtet? Hatte sie nicht am Ende ihres Lebens akzeptieren müssen, die Rolle zu wechseln, von fremden Händen gewaschen, umgezogen, gepflegt zu werden? Ich entdeckte, dass die Tatsache, dass wir das Gleiche tun, was eine andere Person tut, uns erlaubt, sie noch besser zu verstehen, als wenn wir ein ganzes Leben mit ihr verbracht hätten.

DER LAGERRAUM

In einem Augenblick, in dem sie bei klarem Verstand war, hatte ich meine sterbende Mutter gefragt, warum sie an meinem siebten Geburtstag alles weggeworfen hatte, was meinem Vater gehört hatte, und nie mehr seinen Namen erwähnt und von ihm gesprochen hatte. In meiner Naivität hatte ich gehofft, ihre Antwort würde mir das Leben zurückgeben, als hätte sie bei meiner Geburt gemogelt, indem sie meine Lebenskraft in ihren Eingeweiden zurückgehalten und eine leere Hülle aus ihrem Bauch herausgelassen hatte, die sie Edgar genannt hatte, ein Name hart wie ein Stück Holzkohle. Selbst in den letzten Augenblicken ihres Lebens, mit dunklen Augenringen vom Schmerz, intubiert, die Arme gezeichnet von bläulichen Spuren an den Stellen, wo ihre Venen unter ihrer allzu dünnen Haut geplatzt waren, hatte sie ihrem Sohn nicht die Wahrheit sagen, ihm nicht anvertrauen wollen, was ihr ausgetrocknetes Herz als schmerzliches Geheimnis bewahrte. Sie hatte es vorgezogen, dass das Schweigen uns beide mit ihrem letzten Atemzug verschlang.

Nach ihrem Tod durchsuchte ich das Haus nach einem Hinweis, der mich hätte verstehen lassen, was sie veranlasst hatte, die Erinnerung an meinen Vater auszulöschen, nachdem sie sie jahrelang mit solcher Inbrunst wachgehalten hatte. Denn meine ganze frühe Kindheit hindurch hatte sie ihre Rolle als Witwe gespielt, indem sie für ihren Sohn ein goldenes Bild ihres Mannes zusammenphantasiert hatte. Ich fand nichts in ihren Schubladen und in den Kartons, die im Keller vor sich hin moderten.

Ich hatte mich geschämt, als ich ihre Kleider durchsuchte und sogar das kleine Vorhängeschloss eines Kästchens aus Sandelholz knackte, in dem sie ihren wertlosen Schmuck und Postkarten von Patienten aufbewahrte. Ein Teil meiner Mutter lebte vielleicht immer noch in dem Zimmer, in dem sie so gelitten hatte. Vielleicht sah sie mir sogar zu, wie ich ihre Sachen durchsuchte.

Was wissen wir von den Toten?

Sie war im Januar gestorben. Einen schlechteren Zeitpunkt hätte sie nicht wählen können. Dreißig Grad unter null, die Stadt begraben unter Schnee, heftige Windböen. Man musste ihren Leichnam in einem Lagerraum aufbewahren lassen und das Tauwetter im Frühling abwarten, bevor ihr Sarg in der Erde versenkt werden konnte. Außer mir wohnte niemand dieser verspäteten Zeremonie bei, abgesehen von zwei schlafenden Friedhofsangestellten und einem Priester, der ein paar tröstende Sätze murmelte.

Als ich von der Beerdigung nach Hause kam, ging ich in ihr Zimmer hinauf und küsste ihr Bett, auf dem der Abdruck ihres Körpers immer noch sichtbar war. Ich sagte ihr Lebewohl. Wenn von meiner Mutter noch ein Fünkchen Leben übrig war, dann war es bei Gott, nicht in diesem Zimmer. Aber das befreite mich nicht von meinen Vermutungen hinsichtlich der Starrköpfigkeit der Seelen. Ein paar Wochen später nahm ich ein Foto meiner Mutter in ihrer Schwesternkleidung aus dem Bücherregal, in dem es stand. Ich hatte es einst rahmen lassen, um es ihr zu ihrem vierzigsten Geburtstag zu schenken. Da ich mich nicht traute, es wegzuwerfen, legte ich es im Keller in einen Karton voller alter Kleider. Ich hatte mir auch vorgenommen, ihre Schubladen und Schränke leerzuräumen und alles in den Müll zu werfen. Am Ende war alles geblieben, wo es war. Meine Mutter hätte von den Toten zurückkehren können und ihre Sachen dort wiedergefunden, wo sie sie hingeräumt hatte.

DER BART

Jean aß immer noch sehr wenig, aber er sträubte sich wenigstens nicht mehr dagegen. Um ihn zu füttern, richtete ich ihn auf, indem ich ein Kissen hinter seinen Rücken schob. Nach einer Weile fiel sein Kopf auf seine Brust, ein Zeichen, dass er erschöpft war. Ich legte ihn wieder hin und beendete das Füttern. Sein Bartwuchs war ein ständiges Problem für mich. Essensreste und Flüssigkeiten blieben im Bart hängen, was mich zwang, ihn mehrmals am Tag zu reinigen. Ich hätte das Problem lösen können, indem ich ihn abrasierte, aber ich konnte mich nicht dazu durchringen. Jean war Jean geworden mit dem Auftauchen seines Barts. Ich kämmte ihn und fand Gefallen daran. Er war mein Werk. Und seine blonde Farbe hellte Jeans Gesicht auf und verbarg die Spuren der Schläge, die er von seinen Züchtigern erhalten hatte. Ich war überrascht, dass ich ihm eine solche Bedeutung zumaß. Noch nie hatte ein Mann meine Aufmerksamkeit erregt, weil er einen Bart trug. Ich kannte natürlich Männer mit Bart, manche Lehrer oder auch meinen Psychologen, den aufzusuchen meine Mutter mich genötigt hatte. Die meisten trugen eher einen Schnurrbart. Mein Großvater väterlicherseits hatte bis an sein Lebensende einen Bart getragen. Ich selbst hatte bis zu meinem zwanzigsten Lebensjahr warten müssen, bis ein paar schüchterne Haare auf meinem Kinn erschienen und ich mich einmal in der Woche rasieren musste. Im Übrigen war es besser, mich nicht jeden Morgen dem Ritual des Rasierens aussetzen zu müssen, da ich, sobald ich einen Rasierer in der Hand hielt, das Bedürfnis verspürte, meine Haut zu ritzen. Mit Ausnahme der zwei oder drei Mal, in denen ich einen Nagel gewählt hatte, benutzte ich immer eine Rasierklinge, um mich zu verletzen. Ich ritzte mir die Oberseite der Schenkel und Arme. Im Gesicht hatte ich es nie getan, obwohl ich eine Zeitlang davon besessen war, mir die Lippen aufzuschneiden. Ich stellte mir vor, wie ich ins Wohnzimmer trat, während meine Mutter, von der Arbeit nach Hause gekommen, ihre tägliche Quizsendung anschaute. Ich brachte sie nicht sofort zum Schreien. Ich ließ ihr die Zeit, aufzustehen und mich anzusehen, völliges Unverständnis in den Augen. Dann sagte ich das Wort »Mama«, ein Wort, das sofort im Blut ertrank und vom Schrei meiner Mutter begraben wurde. Weiter als bis zu diesem Schrei ging meine Phantasie nie. Eines Tages hatte ich die Geschichte meinem Psychologen erzählt, der mich behandelte. Ich empfand mich erbärmlich. Diese Inszenierung, abgespult vor ihm in Form von Sätzen und nicht gepresst in die Intimität meines Bewusstseins, war mir so lächerlich vorgekommen, dass ich anschließend nicht mehr in Versuchung geriet, darauf zurückzukommen.

Da ich täglich mit der verstörenden Realität des menschlichen Körpers, mit seinen Gerüchen und seinen Absonderungen, seinen Metamorphosen und seinen Geheimnissen konfrontiert war, kamen momentweise auch die Störungen meiner Jugend wieder hoch. Sie bekamen jedoch eine Tiefe, die mich bewegte und mir das Gefühl gab, nicht ganz umsonst meine Obsessionen, meine düsteren Gedanken überlebt zu haben. Jetzt war Jean derjenige, der litt. Er tat es für meine Seele. Wenn ich seine Exkremente abwusch, seine Wunden desinfizierte, seine Laken reinigte, nahm er meine Zerrüttung auf sich, nahm sie in sich auf, reinigte sie. Ich gelangte an den Punkt, an dem ich nicht mehr auf die Momente verzichten konnte, die ich ihm widmete, und das ging so weit, dass ich mich disziplinieren musste. Wenn man zwölf Stunden lang ununterbrochen eine Pflanze beobachtet, wächst sie dadurch nicht schneller, und daher bremste ich meinen Elan und verbrachte bewusst Zeit im Erdgeschoss, obwohl ich lieber von morgens bis abends in Jeans Zimmer geblieben wäre.

DAS HEFT

Ein paar Monate nach der Beerdigung meiner Mutter hatte ich mit der Post einen großen Umschlag erhalten. Als ich ihn öffnen wollte, spürte ich einen Stich im Herzen: Ich hatte den Namen von Josiane Gravel gelesen.

Ich legte den Umschlag auf den Küchentisch.

Meine Gedanken spielten verrückt, und ich war wie gelähmt. Im besten Fall, dachte ich, bereute Josiane Gravel ihre Haltung und ließ mich hoffen, sie wiederzusehen. Im schlimmsten Fall, malte ich mir aus, hatte sie sich nicht verkneifen können, mir einen Haufen von Beleidigungen zu schreiben, begleitet von Drohungen ihres Verlobten, den sie inzwischen bestimmt geheiratet hatte. Dann wurde mir bewusst, wie dämlich, unverhältnismäßig und unwahrscheinlich meine Vermutungen waren, zumal ich ja überhaupt nicht mehr an diese Frau gedacht hatte. Ich war bestürzt über meine Unsicherheit, die Aufgewühltheit, die mich beim Anblick dieses Umschlags überwältigte. Ich lief lange um den Tisch herum, bevor ich ihn öffnete.

Josiane Gravel schrieb mir, dass meine Mutter, geschwächt von ihrer Krankheit und außerstande, es selbst zu tun, sie angefleht habe, ein Heft zu vernichten. Sie habe sich nicht mehr erinnert, wo sie es hingeräumt habe. Josiane Gravel hatte es in einer Hutschachtel gefunden. Am nächsten Tag war meine Mutter im Krankenwagen fortgebracht worden. Josiane Gravel war der Bitte meiner Mutter nicht nachgekommen; das Heft befand sich in dem Umschlag.

Ich setzte mich in den Sessel im Wohnzimmer. Ich hörte mein Herz schlagen. Wenn meine Mutter in einem Zustand der Verwirrtheit, die so groß war, dass es mir vorkam, als wüsste sie nicht mehr, wer ich war, in einem letzten Aufflackern ihres Bewusstseins ihre Vergangenheit und das bisschen Leben, das ihr noch geblieben war, zusammengerafft hatte, um sich an die Existenz dieses Heftes zu erinnern, und sofort hatte verhindern wollen, dass ich Kenntnis davon erlangte, dann musste es auf die eine oder andere Art mich betreffen. Dann musste es mir auf die eine oder andere Art weh tun.

Erst nach einer ganzen Weile kehrte ich in die Küche zurück, nahm das Heft aus dem Umschlag und atmete seinen Geruch ein. Ich hatte gedacht, das Parfum meiner Mutter daran wahrzunehmen. Ich roch nichts außer Staubgeruch, leicht muffig. Ich öffnete es und erkannte ihre Schrift: wohlgeordnete Sätze, dicht aneinandergerückte Worte, als stünden sie am Rand eines tiefen Abgrunds. Notizen, die sie sich in ihrem Kurs für Krankenpflege über Kanülen und Spritzen, den Blutkreislauf und vieles andere mehr gemacht hatte. Ich überflog sie, bis ich auf Seiten stieß, die ein paar Jahre später geschrieben worden waren. Hier schrieb nicht mehr die künftige Krankenschwester, sondern eine junge Frau namens Anne-Marie Létourneau, die kurz davor stand, sich mit einem Mann namens Alexis Trudel zu verbinden, und die ein Jahr später einen Sohn namens Edgar Trudel zur Welt bringen würde, einen Sohn, der, während er das Heft dieser jungen Frau las, das Gefühl hatte, seine Mutter nicht wirklich gekannt zu haben.

Anne-Marie.

Ich hatte sie nie bei ihrem Vornamen genannt. Hätte ich es getan, und sei es auch nur einmal gewesen, wäre unser beider Leben angenehmer verlaufen.

Auf den ersten Seiten des Heftes beschrieb meine Mutter ihre Hochzeitsnacht und die Ängste, die ihr vorausgegangen waren. Es machte ihr ganz offensichtlich Freude, ihre Gefühle zu beschreiben, in immer neuen atemlosen Sätzen über die körperlichen Merkmale ihres künftigen Mannes. Ich war verwirrt. Eine Passage, in der sie von ihrem Geschlecht als einem empfindlichen, zerbrechlichen Gegenstand sprach, beschämte mich. Es war lächerlich. Meine Mutter gab auf schamlose Art ihr Herz und ihren Körper preis, indem sie das Verlangen beschrieb, das sie quälte, das Verlangen ihres Alexis. Das brachte sie um den Schlaf, sie war Jungfrau, ihr künftiger Mann hatte ganz sicher andere Frauen gekannt, sie fürchtete, sich ungeschickt zu benehmen. Um sich vorzubereiten, hatte sie Bücher gelesen, Filme angeschaut, über diese Dinge mit ihren Kolleginnen in dem Krankenhaus gesprochen, das sie gerade eingestellt hatte. Ich entdeckte, dass meine Mutter auf ihre Weise vom Sex besessen war, darüber aber sprach, als hätte sie im 19. Jahrhundert gelebt. Immer wieder bewunderte sie die Kraft der Arme ihres Alexis. Sie hatte mit ihm getanzt, hatte sich gegen seine Schenkel gedrückt, liebte den Tabakgeruch an seiner Kleidung und erwähnte sogar, dass sie sich an seinen Atem gewöhnen könnte. Diese Details verstimmten mich, aber die Passagen über ihre Hochzeitsnacht erschütterten mich. Ihr Alexis hatte sie mit unglaublicher Brutalität behandelt. Um zum Orgasmus zu kommen, hatte er sie Hure genannt und sie geschlagen. Meine Mutter hatte die ganze Nacht still geweint, um ihn nicht zu wecken. Ihr Geschlecht blutete, sie hatte Angst zu sterben, doch sie traute sich nicht aufzustehen. Am frühen Morgen hatte ihr frischgebackener Ehemann sich verhalten, als bildeten sie das glücklichste Paar der Welt. Meine Mutter schrieb, dass sie im Waschbecken des Badezimmers den Pyjama ihres Mannes und ihr Nachthemd ausgewaschen habe. Sie hatte sogar die Laken in der Badewanne eingeweicht, weil sie sich geschämt hätte, wenn die Angestellten des Hotels, in dem sie abgestiegen waren, einen empörten Blick auf die Überreste ihrer Hochzeitsnacht geworfen hätten.

Ich war erschüttert. Ich hatte das Gefühl, das Haus hätte sich gespalten und aus dem Keller würde ein Wutschrei nach oben dringen. Ich ging ins Zimmer meiner Mutter hinauf, öffnete den Wandschrank und nahm die Hutschachtel heraus, in der meine Mutter laut Josiane Gravel ihr Heft versteckt hatte.

Nach ihrem Tod hatte ich diesen Schrank durchsucht, und ich erinnerte mich sehr gut an diese Schachtel, die ich geleert hatte; drei altmodische Hüte, ein Paar weiße Lederhandschuhe und ein vergilbtes Foto hatten sich darin befunden. Ich hatte alles wieder hineingelegt. Das Foto hatte ich damals nicht weiter beachtet. Ich hatte meine Mutter erkannt. Sie musste sehr jung gewesen sein und stand neben einem Mann, den ich für ihren Vater gehalten hatte. Sie waren vor der Fassade eines Hauses aufgenommen worden, das mir nichts sagte. Als ich das Foto jetzt erneut vor Augen hatte, nannte ich mich einen Idioten. Der Mann neben meiner Mutter war nicht ihr Vater, sondern meiner. Dieser breitschultrige Mann mit der hohen Stirn war ihr künftiger Ehemann. Das Datum auf der Rückseite des Fotos zeigte an, dass es zwei Monate vor ihrer Hochzeit aufgenommen worden war. Jetzt stellte ich die Verbindung her zwischen diesem strengen Gesicht mit dem harten Blick und dem, das mir mein Spiegel zeigte: Ich sah meinem Vater ähnlich. Meine Mutter hatte sich diesbezüglich nicht getäuscht, sie hatte mir so oft gesagt, dass ich ihm mit zunehmendem Alter »wie aus dem Gesicht geschnitten« sein würde. Das hatte sie natürlich gesagt, bevor sie sich von all seinen Sachen getrennt und die Erinnerung an ihn aus unserem Leben gestrichen hatte.

Meinen Vater hatte ich nicht gekannt, weil er vor meiner Geburt gestorben war, und jetzt zweifelte ich daran, ob ich je meine Mutter gekannt hatte, die in ihrer Hochzeitsnacht gestorben war.

DER FRIEDHOF

Auf dem Foto wirkte meine Mutter sehr zerbrechlich. Sie schmunzelte leicht, als freute sie sich über einen heimlichen Sieg. Mein Vater neben ihr wirkte wie ein Block. Auf dem Boden lag etwas Schnee, die Reste des frühlingshaften Tauwetters. Es musste kalt gewesen sein an jenem Tag; dennoch trug meine Mutter nur einen leichten Pullover über ihrem Kleid, während mein Vater seinen Wintermantel anhatte. Von der Sonne geblendet, runzelte er die Stirn. Im Grunde schien dieser Mann sich zu Tode zu langweilen. Warum hatte sie nur dieses eine Foto aufbewahrt und alle andere weggeworfen? Ich fand keine Antwort darauf, verstand aber, dass das Betrachten eines Hochzeitsfotos angesichts dessen, was ich gerade über ihre Hochzeitsnacht erfahren hatte, zu schmerzlich für sie gewesen wäre.

Ich legte das Heft und das Foto in die Hutschachtel zurück und ging unverzüglich auf den Friedhof. Seit der Beerdigung meiner Mutter im Frühjahr war ich nicht mehr dort gewesen.

Der Abend näherte sich im Duft der verwelkten Blumen, die verstreut auf den Gräbern lagen. Das Augustlicht flimmerte am Himmel. Es überraschte mich, dass ich Erleichterung empfand. Während ich das Grab meiner Mutter suchte, ertappte ich mich dabei zu pfeifen. Ich dachte wieder an Josiane Gravel. Was hatte mich nur geritten, sie zu bitten, mich zu heiraten? In den Wochen, in denen sie sich um meine Mutter gekümmert hatte, hatte ich kaum zwei Worte mit ihr gewechselt. Auf dem Friedhof hatten die Geräusche der Stadt dem Zirpen der Grillen Platz gemacht, die Luft war blau, die Schatten auf dem Boden sehr sanft. Ich kniete vor der schwarzen Marmorplatte nieder, auf der in goldenen Buchstaben ihr Ehename – ANNE-MARIE TRUDEL – eingraviert war, und machte meiner Mutter eine Liebeserklärung. Ich kannte ihr schmerzliches Geheimnis. Ihr Mann hatte ihr keine Achtung entgegengebracht. Er hatte sie am Abend ihrer Hochzeit eine Hure genannt. Sie hatte ihr Leben damit verbracht, die Erinnerung an ihn auszulöschen. An dem Abend wurde mir das ganze Ausmaß dessen bewusst, was ich ihr angetan hatte, und dessen, was sie für mich getan hatte. Ich wusste jetzt: Ich war kein Kind, das aus Liebe gezeugt worden war. Wie viele demütigende Nächte hindurch hatte ihr Alexis sie gequält? Gott segne Josiane dafür, dass sie mir dieses Heft geschickt hatte! Ich sah jetzt klar: Ich war das Ergebnis einer Kränkung, die meine Mutter erlitten hatte, einer Verletzung, die sie in ihrem Bauch warmgehalten hatte.

Ich nahm die Gewohnheit an, täglich ihr Grab zu besuchen. Durch die Lektüre des Heftes wuchs in mir eine Überzeugung: Meine Geburt befreite sie von ihrem Peiniger. Ich war ihr Retter gewesen.

Ich begann mehrere Briefe an Josiane Gravel, die ich zerriss, noch bevor ich sie beendet hatte. Ich wollte ihr dafür danken, dass sie es unternommen hatte, mir das Heft zu schicken. Ich hätte ihr vorwerfen können, dass sie es gelesen, dass sie sich wie ein Eindringling benommen hatte. Wie sollte ich ihr danken, ohne sie gleichzeitig zu beschuldigen? Vor allem brannte ich darauf zu erfahren, warum sie es für angebracht hielt, mir von diesem Heft Kenntnis zu geben. Diese Frau ging mir einfach nicht aus dem Kopf, und die Gefühle, die ich bereits für sie empfunden hatte, gewannen wieder einen Hauch von Macht über mich, die mich auf die angenehmste Art quälte. War es möglich, dass Josiane Gravel ein wenig Zuneigung für mich empfand, einen Anflug von Bedauern darüber, dass sie mich geohrfeigt, dass sie Mitleid mit dem Sohn bekommen hatte, als sie gelesen hatte, was seiner Mutter angetan worden war?

Schließlich ging ich in ein Schreibwarengeschäft und kaufte eine Geburtstagskarte. Ich wählte die banalste; sie zeigte einen Kuchen mit Kerzen. Ich schrieb ein paar Worte auf die Innenseite: »Ich weiß, Sie haben nicht Geburtstag, aber wenn dieser Tag kommen wird, haben Sie diese Karte schon mal und meine Wünsche, die Sie begleiten. Danke für das Heft. Es hat mein Leben verändert.« Ich zögerte, sie abzuschicken, und es erschreckte mich, dass eine so einfache Handlung, mich so durcheinanderbringen konnte. Ich wartete, bis es Abend wurde, um das Haus zu verlassen. Ich nahm den Wagen und durchquerte einen Teil der Stadt, bevor ich den Mut fand, ihn in einen Briefkasten einzuwerfen. Josiane Gravel musste wissen, dass mein Leben, wie ich ihr auf der Karte geschrieben hatte, nicht mehr dasselbe war. Ich war nicht mehr das Wrack, das sie geohrfeigt und verachtet hatte. Meine Geburt hatte den Tod des Mannes herbeigeführt, der meine Mutter gedemütigt und beschmutzt hatte.

Nachdem ich den Brief endlich eingeworfen hatte, ging ich auf den Friedhof. Ich kniete am Grab meiner Mutter nieder und erzählte ihr von Josiane Gradel, von den neuen zärtlichen Gefühlen, die dieser Name in mir auslöste. Je länger ich sprach, desto aufgewühlter wurde ich, und meine Hoffnung auf ein besseres Leben wurde immer stärker, auf ein Leben, das meine Mutter mit Stolz erfüllt hätte, ein geordnetes, normales Leben, ohne Leiden, ohne Scham, gelebt im Licht und unter den Blicken der anderen.

An dem Abend war ich auf ihrem Grab eingeschlafen. Ich ahnte nicht, dass diese Hoffnung in den Stunden, die folgen würden, davonfliegen und für immer verschwinden würde. Ich wurde von dem sadistischen Lachen von vier Männern geweckt, vier Reitern der Apokalypse, deren abscheuliches Verbrechen den Lauf meines Lebens verändern und die Erinnerung an Josiane Gravel in den Schatten desjenigen verbannen würde, den ich Jean nennen sollte. Meine Besuche auf dem Friedhof hatten ab sofort mein jegliches Interesse verloren, ebenso wie der Wunsch, einer Frau zu gefallen.

DIE KERZE

Am Halloween-Abend hatte ich alle Lampen im Haus ausgeschaltet. Ich wollte nicht, dass die Monster an meiner Tür läuteten. Ich wollte keine indiskreten Blicke. Ich war auf der Hut und beobachtete durch das Fenster Passanten, die mir verdächtig vorkamen, weil sie den Kopf in Richtung Haus drehten. Ich fürchtete, man würde mich verhaften und mir Jean wegnehmen. Schließlich hatte dieser Mann bestimmt Eltern, Freunde, Arbeit. Sein Verschwinden war sicher gemeldet worden. Irgendjemand in dieser Stadt suchte ihn vermutlich. Er konnte verheiratet sein und, warum nicht, Kinder haben. Auch wenn er sich als Frau verkleidete, urteilte ich nicht über ihn. Dass ich ihn wie ein Kind fütterte, befreite ihn in meinen Augen von jedem Laster. Seit sein Bart gewachsen war, schien es mir unvorstellbar, dass ich ihn mit einer Frau hatte verwechseln können.

Durch die Vorhänge drang kein Licht. Ich hörte Jeans Atem im Dunkel. Mir war, als käme er von mir. Ich ahnte, welche ungeheure Energie notwendig war, um man selbst zu bleiben, ahnte, dass ein Augenblick der Unachtsamkeit, vorübergehender Schwäche ausreichte, um zwischen den Spalten eines anderen hindurchzugleiten. Ich hatte das Gefühl, mit ihm zu verschmelzen, in seine Leiden einzutauchen, sie zu schmecken, sie wie eine Mahlzeit zu essen. Das in Dunkelheit getauchte Zimmer schloss mich ein in sein Geheimnis, verdaute mich in seinem Bauch. Ich lauschte Jeans Atem, ich hörte mein Leben. Ich wurde wiedergeboren, als würde das Zimmer einen anderen Edgar gebären,

Sohn eines anderen Elternteils, Sohn im Grunde dieses Mannes, der die Dunkelheit meiner Vergangenheit atmete. Ich wollte denken, was er dachte, in seinem geschlossenen Kopf herumspazieren. Ich wollte ein Zeichen von ihm.

Ich zündete eine Kerze an. Das Licht der kleinen Flamme ließ meinen Schatten auf den Wänden tanzen. Mein Blick fiel auf den Abdruck, den das Kreuz über dem Bett zurückgelassen hatte. Das Zimmer wirkte plötzlich wie eine heilige Stätte, in der Jean wie ein schlafendes Rätsel herrschte. Ich war überrascht von der Blondheit seines Bartes, der seinem Gesicht im Halbdunkel eine neue Intensität verlieh. Ich war plötzlich mit einem Mann konfrontiert, der gelitten hatte, einem Mann, dessen Gesicht die Züge Christi angenommen hatte. Ich beugte mich über ihn und drückte lange meine Lippen auf seine Stirn. Ein Gefühl von Fülle durchströmte mich. Endlich hatte ich Frieden gefunden. Als ich mich aufrichtete, sah ich meine Mutter. Sie hatte Jeans Platz eingenommen. Sie schrie, aber kein Laut kam aus ihrem Mund. Ich verließ das Zimmer, stürmte die Treppe hinunter, verfehlte eine Stufe, stürzte, rappelte mich in aller Eile wieder auf und floh in die Nacht hinaus.

DER FLECK

Ich hatte mich in ein Wartehäuschen geflüchtet. Da ich ohne Mantel rausgelaufen war, schlotterte ich vor Kälte. Ich fand mich feige, weil ich wie ein Kind weggerannt war. Warum hatte ich Angst vor meiner Mutter? Sie war tot und begraben. Eine Halluzination würde sie nicht aus dem Reich der Toten zurückholen. Ich versuchte mich zu beruhigen, doch diese Vision hatte mich vollkommen durcheinandergebracht. Ich fühlte mich schuldig: Wenn nun ich der Angreifer gewesen wäre, der ihn mit Fußtritten so zugerichtet, gedemütigt, beschmutzt hatte … Wenn ich es gewesen war? … Ich war im Begriff, den Verstand zu verlieren. Ich musste mich am Riemen reißen. Das, wessen ich mich beschuldigte, war unmöglich.

Eine Gruppe kostümierter Kinder schlenderte über den Bürgersteig. Ein Mädchen löste sich von ihnen und kam auf das Wartehäuschen zu. Ihr Gang war seltsam leicht, als würde sie hüpfen. Sie fragte mich, ob ich Hilfe benötige. Vielleicht hatte sie mich für einen Obdachlosen gehalten. Dass ich diesen Eindruck auf sie machte, wunderte mich nicht besonders. Sie hielt ein kleines Halloween-Körbchen in der Hand, war allerdings nicht kostümiert. Anstatt ihr zu antworten, blickte ich sie an. Ihre Schönheit machte mir Angst. Sie tauchte die Hand in ihr Körbchen und schenkte mir ein Bonbon. Dann ging sie zu ihrer Gruppe zurück. Und da bemerkte ich, dass sie, an ihrem Rücken befestigt, zwei winzige Flügel trug. Ich wickelte das Bonbon aus und steckte es in den Mund. Ich fühlte mich besser.

Als ich endlich ins Haus zurückkehrte, war meine Kleidung von kaltem Schweiß durchnässt. Ich klapperte mit den Zähnen. Ich warf einen vorsichtigen Blick in Jeans Zimmer. Ließ mir ein sehr heißes Bad ein. Die Wärme umhüllte mich. Hinter meinen geschlossenen Lidern flossen Tränen. Ich sah wieder die als Untote oder Gespenster kostümierten Kinder, vor allem das Mädchen mit den winzigen Flügeln. Meine Gedanken wanderten: das Massaker der Unschuldigen, mein Großvater, seine Empörung angesichts des Bildes der Kreuzigung, das Mysterium des Leidens ... Er und ich, hatten wir uns vielleicht geirrt? Und wenn die Ankunft Christi doch den Tod Tausender Kinder erforderte? Von Kindern, wie ich sie gerade gesehen hatte.

Als ich die Augen wieder öffnete, war viel Blut in der Badewanne. Ich stieg in aller Eile aus dem Wasser, trocknete mich ab und suchte nach dem Ursprung der Blutung. Mein Ellbogen war aufgeschürft, und ich hatte zwei, drei Blutergüsse an den Beinen, das Ergebnis meines Sturzes vorhin auf der Treppe, aber keine Verletzung, die blutete. Ich zog den Stöpsel raus. Wenn das Wasser ablief, würde ich vielleicht irgendetwas Ungewöhnliches entdecken ... Ich wartete, bis der letzte Strudel im Abfluss der Badewanne verschwunden war, und erkannte, wie dumm ich doch war. Was hatte ich zu finden gehofft? Eines meiner Organe, dem es wie durch ein Wunder gelungen wäre, meinen Körper zu verlassen?

Ich ging schlafen. Sofort schwirrten mir eine Vielzahl von Gedanken durch den Kopf. Ich verscheuchte sie, aber sie kehrten auf Umwegen zurück, als wären all meine Überlegungen nur ein Vorwand, um mich an den Ausgangspunkt zurückzuführen: Ich hatte Blut verloren, ohne den Grund dafür zu kennen und ohne irgendetwas zu spüren. Und diesmal war ich sicher, dass ich nicht das Opfer einer Halluzination war.

Irgendetwas hatte in meinem Bad geblutet, irgendetwas, das von woanders herkam, das war die einzige Schlussfolgerung, zu der ich immer wieder gelangte.

Ich knipste die Nachttischlampe an. Aufrecht im Bett sitzend, lauerte ich auf den kleinsten Hinweis darauf, dass sich in diesem Zimmer ein Wesen befand, das nicht eingeladen worden war, ein Wesen, das bereits in der Welt gelebt hatte, aber in der Nichtwelt überlebte. Ich erinnerte mich an den Schrecken, in den mich in der Kindheit die Vampirfilme versetzt hatten. Diese Schauergeschichten hatten mich mit der Existenz des Bösen vertraut gemacht: Wesen bevölkerten den Tod und bemächtigten sich der Lebenden, um sie zu zwingen, sich abscheulich zu verhalten. Das Böse besaß mehr Gewicht als das Gute. Und da die Vampire ihren Opfern das Blut aussaugten, während diese schliefen, stellte ich mir vor, dass das Böse im Schlaf in mich eindrang und sich durch die Venen bis zu meinem Herzen schlängelte und sich dort einnistete. Schlafen war das Gefährlichste, was ich tun konnte. Und doch stellte ich morgens fest, dass ich ein weiteres Mal trotz meiner kindlichen Wachsamkeit vom Schlaf übermannt worden war.

Mit den Gedanken an diese Zeit musste ich schließlich doch eingeschlafen sein. Als ich aufwachte, saß ich immer noch in meinem Bett, mit brennender Nachttischlampe. Sobald ich aufgestanden war, ging ich in Jeans Zimmer und öffnete die Schublade, in die ich das Kruzifix meiner Mutter gelegt hatte. Nach dem, was am Abend zuvor passiert war, wollte ich es unbedingt wieder an seinen Platz hängen. Eine Überraschung erwartete mich. Es lag in zwei Stücke zerbrochen in der Schublade. Der Christus war mit seinem Kreuz in fast gleich große Teile zerbrochen worden, als hätte es jemand auf Höhe des Bauchnabels durchgesägt. Einen Augenblick glaubte ich, Jean hätte … Nein,

ein weiteres Mal verleitete mich die Angst zu verrückten Vermutungen.

Ich ging mit den beiden Stücken in die Küche hinunter und klebte sie zusammen. Nachdem ich damit fertig war, wurde mir bewusst, dass ich dieses Kruzifix niemals wirklich betrachtet hatte. Dabei hatte es in seiner Traurigkeit immer über dem Bett meiner Mutter gehangen. Das schmerzverzerrte Gesicht des Christus, seine halb geöffneten Lippen flehten um Hilfe.

Ich ging ins Wohnzimmer und legte das Kruzifix zwischen die beiden dicksten Bücher, die ich im Bücherregal finden konnte. In ein, zwei Stunden würde es repariert sein. Ich stieg in mein Zimmer hinauf, um mich umzuziehen. Als ich eintrat, bemerkte ich sofort einen Fleck auf meinem Laken an der Stelle, wo ich im Sitzen eingeschlafen war. Ich zog meine Pyjamahose aus und drehte sie um: Da war ebenfalls ein Fleck. Ein Zweifel war nicht möglich, das war eindeutig Blut. Ich lief ins Badezimmer und untersuchte mich vor dem Spiegel. Ich bemerkte nichts Ungewöhnliches, was meine Angst noch steigerte.

Gegen Mittag schaute ich nach dem Kruzifix. Etwas getrockneter Klebstoff haftete am Holz. Ich nahm ein Messer und kratzte ihn weg. Dann ging ich hinauf. Ich stieg auf das Bett, kletterte über Jean hinweg. Als ich das Kruzifix an den Nagel hängte, packte Jean mein Bein. Ich verlor das Gleichgewicht und landete auf allen Vieren auf dem Fußboden. Ich hob den Kopf und blickte zu Jean: Er wirkte eigentlich ganz ruhig. Kein Zweifel, sein Zustand hatte sich verbessert. Ich war nicht sicher, ob ich mich darüber freuen sollte. Ich mochte Jeans Reglosigkeit, sein Schweigen. Ich hatte sorgenvoll festgestellt, dass er jetzt seine Beine bewegte. Ich hatte ihn im Verdacht, dass er in der Nacht aufstand. Ich hatte keine Wahl: Ich kaufte eine Kette, um ihn an sein Bett zu fesseln.

DIE PASTETE

Meine Mutter hatte immer für mich gekocht. Sie hatte es trotz ihrer Arbeit im Krankenhaus getan, sogar während ihrer langen Krankheit, bevor sie bettlägerig wurde. Am Wochenende bereitete sie gewöhnlich Quiches, Lasagnes, Pasteten und Suppen vor, die sie in nummerierten Plastikbehältern einfror. Jede Zahl entsprach einem Gericht: 1 für die Quiches, 2 für die Suppen, 3 für die Lasagnes … Wenn sie von der Arbeit nach Hause kam, versäumte sie es nie, mich zu fragen, was ich mittags gegessen hatte. Ich antwortete mit einer Zahl: Ich habe 3 oder 4 oder 5 gegessen. Sie musste dann immer lächeln. Das war eines der wenigen Rituale, bei denen wir zusammenwaren.

An jenem Tag war meine Mutter ein Jahr tot, und ich lebte seit fast vier Monaten mit Jean. Der Winter war ebenso eisig wie im Jahr zuvor. Ich lief im Haus mit einer Decke über den Schultern herum. Ich öffnete das Tiefkühlfach des Kühlschranks. Ich war auf den Gedanken gekommen, es könnte noch eines der von Mama zubereiteten Gerichte da sein. Ich fand eines versteckt hinter den Eiswürfelbehältern. Ich hielt es absichtlich verkehrt herum, um die Zahl auf dem Deckel nicht zu sehen. Ich lächelte traurig bei dem Gedanken, dass ich ein Jahr nach ihrem Tod das letzte Gericht aß, das sie für mich zubereitet hatte. Es war ein Lächeln des Herzens, das erlosch wie eine Flamme, die im Wachs ertrinkt. Ich hatte das schmerzliche Gefühl, die tiefgefrorenen Reste meiner Mutter in der Hand zu halten, als befände sich etwas von ihrem Fleisch, ihrem Blut, ihrer bösen Güte, ihrer großen Augen, ihrer dürren und präzisen Hände, ein wenig von dem, was sie gewesen war, in diesem Plastikbehälter. Ich stellte mir vor, dass der Körper meiner Mutter ein paar Kilometer entfernt unter der kalten Erde die gleiche Härte, das gleiche Aussehen von komprimierter und tiefgefrorener Nahrung hatte, wie das Gericht, das ich in der Hand hielt. Das betrübte mich nicht mehr, das entsetzte mich.

Schließlich drehte ich den Behälter um und betrachtete die Zahl auf dem Deckel: 4. Hühnchen-Gemüse-Pastete.

Ich stellte das Gericht in die Mikrowelle. Zwanzig Minuten später probierte ich die Pastete, die nach rein gar nichts mehr schmeckte. Ich zwang mich, sie zu essen, obwohl mir übel davon wurde. Ich bewahrte einen kleinen Teil für Jean auf und ging hinauf in der naiven Hoffnung, diese ungebräuchliche Kommunion könnte uns vereinen, meine Mutter, ihn und mich. Doch Jean, diese Art von Nahrung nicht gewohnt, spuckte die Pastete aus. Ich hatte das Gericht zu lange in der Mikrowelle gelassen, und die Kruste war hart geworden. Daher nahm ich einen Bissen von der Pastete, kaute ihn lange, presste meine Lippen auf diejenigen von Jean und drückte die Nahrung aus meinem Mund in seinen.

Ich ging in die Küche hinunter und spülte den leeren Plastikbehälter. Ich hielt es nicht mehr aus. Ein unbändiges Verlangen packte mich plötzlich, das ganze Haus zu streichen und mich in Hausarbeiten zu stürzen, die ich ständig vor mir hergeschoben hatte. Ich jubilierte, frohlockte. Ich hätte nie gedacht, dass die Freude eine solche Dimension annehmen könnte.

DAS ZWEITE HEFT

Gewöhnlich wusch ich Jean in seinem Bett. Ich benutzte zwei Schüsseln, eine gefüllt mit Seifenwasser und die andere mit heißem Wasser, in dem ich mein Handtuch ausspülte. Das ersparte mir ein ständiges Hin und Her zwischen Badezimmer und Schlafzimmer. Sonntags wusch ich ihm die Haare. Danach verbrachte ich einen Teil des Tages damit, die schmutzige Wäsche der Woche zu waschen. Da ich die Sonntage sowieso nie gemocht hatte, konnte ich mich auch mit unangenehmen Dingen beschäftigen.

Ich weiß nicht genau, warum ich an dem Morgen Lust hatte, Jean richtig zu baden. Mit meiner Hilfe schaffte er es ins Badezimmer und setzte sich in die Wanne. Seine Magerkeit rührte mich. Unwillkürlich sah ich in seinem Körper den Körper des leidenden Christus. Es war idiotisch, das wusste ich, und so sehr ich mich auch zur Vernunft zwang, war ich doch gerührt, als wäre der Körper, den ich wusch, auch der dieses Jesus, auf den ich eifersüchtig gewesen und dessen Leiden mir verdächtig vorgekommen war. Ich hatte dieses Leiden zu Unrecht lächerlich gemacht, da ich es in jedem beliebigen Mann, jeder beliebigen Frau, jedem beliebigen Insekt, das ich mit dem Fuß zertrat, zu sehen glaubte. Aber ich hatte es mit dem Schmerz verwechselt, den man so leicht in einem Körper hervorrufen kann, während das Leiden das Fleisch der menschlichen Seele war. Ohne das Leiden gäbe es keine Seele; ohne das Leiden hätte das Leben keinen Wert, und jeder könnte es aus einer Laune heraus abstreifen, weil er es für nutzlos hielt.

Ich zog mich aus und stieg zu Jean in die Wanne. Er interessierte sich sofort für die Narben, die meine Arme und Beine überzogen. Neugierig betrachtete er sie lange, bevor er sie mit seinem Finger nachfuhr, als suchte er eine in meinem Fleisch verborgene Botschaft. Verlegen seifte ich ihn von Kopf bis Fuß ein, spülte die Seife ab, legte ihn wieder ins Bett und kettete ihn an.

Ich ging in die Küche, um ihm etwas zu essen zu machen. Da sah ich, dass der Briefträger einen Umschlag in den Briefkasten geworfen hatte.

In einem Brief, der ausführlicher als der erste war, informierte mich Josiane Gravel über eine erstaunliche Sache: Es gäbe in Wahrheit zwei Hefte. Und was mich darüber hinaus überraschte, war, dass meine Mutter, die sie mehrmals im Krankenhaus besucht hatte, ständig ihre Meinung hinsichtlich der Hefte geändert hatte. Den einen Tag bestand sie darauf, dass Josiane Gravel sie vernichte, den nächsten, dass sie sie mir nach ihrem Tod aushändige. Im Laufe der Zeit war sie immer verwirrter geworden, bis sie diese Geschichte mit den Heften vollständig vergessen hatte. Am Ende hatte Josiane Gravel sie nicht vernichtet. Da sie nach dem Tod meiner Mutter ihren letzten Willen erfüllen wollte, aber nicht wusste, welchen, hatte sie sich ermächtigt gefühlt, es zu tun. Sie hatte mehrere Monate gewartet, bevor sie mir das erste Heft geschickt hatte, da sie dachte, der Schmerz meiner Trauer habe bis dahin nachgelassen.

Josiane Gravel hatte die Existenz des zweiten Heftes nicht erwähnt und hätte es auch nie getan, wenn meine Geburtstagskarte sie nicht beruhigt hätte. Ich hatte ihr geschrieben, dass die Lektüre des Heftes »mein Leben zum Besseren verändert« habe, und diese Worte hatten sie überzeugt, dass sie mir auch das zweite Heft schicken müsse. »Heute ist mein Geburtstag, und ich habe mir das Geschenk gemacht, diese Geschichte zu Ende zu bringen«, schrieb sie am Schuss ihres Briefes.

Das zweite Heft war kleiner als das erste. Die erste Seite war bedeckt mit mehreren As, die ungeschickt mit dem Bleistift geschrieben worden waren. Ein liniertes Übungsheft, das eines sechsjährigen Kindes, das seine ersten Schritte im Erlernen der Schrift machte. Mein Herz krampfte sich zusammen. Ich blätterte die Seiten um, sah eine Serie von weiteren Buchstaben: B, C und D. Danach kam etwas anderes: die gedrängte Schrift meiner Mutter in ihrer lila Tinte. Ich ging ins Wohnzimmer und las in einem Zug die Dutzende von Seiten, die das Heft beendeten.

Meine Mutter bezichtigte sich, dass sie mich hatte töten wollen.

Das war klar, eindeutig, geschrieben ohne jedes Zögern. Sie hatte versucht, ihr zweijähriges Kind in ihrer Badewanne zu ertränken.

Sie hatte meinen Kopf unter Wasser gedrückt. Ich konnte es nicht glauben. Ich suchte in meinem Gedächtnis nach einem Erinnerungsfetzen, den ich mit dieser Szene verbinden könnte, aber ich fand nichts, ich konnte mich an nichts erinnern. Dabei hatte meine Mutter ihren abscheulichen Versuch wiederholt und meinen Kopf dabei jedes Mal länger unter Wasser gedrückt, als würde sie üben. Sie habe ihren Mann so sehr geliebt, schrieb sie, dass sie einem Sohn nichts mehr zu geben habe. Meine Geburt habe ihren Alexis aus der Welt verbannt, als hätte es von Anfang an auf Erden nicht genügend Platz für ihn und mich gegeben. Entweder der eine oder der andere, aber nicht beide. Ich sei geboren worden, und er sei durch meine Schuld gestorben. Sie habe gelernt, ihn zu lieben, sie habe nicht lernen müssen, mich zu hassen. Mit Gottes Hilfe habe sie ihre Gewalt gegen mich unterdrückt, aber die Erinnerung an ihren Mann habe ihr keine Ruhe gelassen und ihren Groll wieder aufleben lassen. Ich sei größer geworden, habe laufen, sprechen gelernt und sei alles für sie geworden, vor allem aber sei ich ihre ständige Strafe gewesen. Sie habe einen Sohn zur Welt gebracht, den sie habe töten wollen, und müsse dafür bezahlen.

Als ich sechs geworden sei, habe sie ein wenig Frieden gefunden. Ihre Arbeit im Krankenhaus, die sie in Vollzeit wieder aufgenommen habe, und meine Einschulung hätten ihren Tagen neuen Schwung verliehen. Ein Jahr später habe sie alles weggeworfen, was sie an ihren Mann erinnert habe, seine Fotos zerrissen und seinen Namen nie mehr in meiner Gegenwart ausgesprochen, nie mehr die Erinnerung an ihn beschworen. Sie habe akzeptiert, Mutter zu sein.

»Ich habe gelernt, Alexis zu lieben, so wie eine kleine Hündin lernt, ihr Herrchen zu lieben. Ich liebe ihn immer noch. Ich verzeihe es mir nicht.«

Diese beiden Sätze, die das Heft beschlossen, taten mir mehr weh als alle anderen zusammen. Meine Geburt war eine Trauer gewesen. Wie sehr musste meine Mutter mich gehasst haben, wenn sie mir die Brust gegeben hatte! Wie sehr musste sie meine Geburtstage gehasst haben, die sie mehr an den Tag erinnerten, an dem sie Witwe geworden war, als an den, an dem sie Mutter geworden war!

DIE MÜLLSÄCKE

Ich machte mitten im Wohnzimmer einen Haufen aus all den Gegenständen, Nippesfiguren, Rahmen und Erinnerungen, die ihr gehört hatten. Aus den Küchenschubladen nahm ich all die kleinen nutzlosen, platzraubenden Gegenstände: Schlüsselanhänger, bestickte Deckchen, Kartenspiele, Garnrollen. Ich entfernte vom Kühlschrank die magnetischen Figuren, die sie gesammelt hatte: Tiere, bunte Buchstaben, Aufkleber. Aus den staubbedeckten Vasen nahm ich die noch staubigeren getrockneten Blumen, die sie auf den Küchentisch und den niedrigen Wohnzimmertisch gestellt hatte. Ich ging mit mehreren Müllsäcken ins Badezimmer hinauf und nahm aus dem Medizinschränkchen all die minderwertigen Kosmetika, billigen Parfums, Fläschchen mit abgelaufenen Pillen, Tuben mit ausgetrockneten Salben, ein Fläschchen mit scheußlich rosa Nagellack und zwei alte Zahnbürsten. In ihrem Schlafzimmer nahm ich aus dem Kleiderschrank und den Schubladen ihre Kleider, Mäntel, Unterwäsche, alberne Hüte und abgetragene, altmodische Schuhe, die nach Trauer stanken. Mit drei Müllsäcken vollgestopft mit Kleidern und Kleinkram kehrte ich ins Wohnzimmer zurück. Ich füllte weitere Säcke mit den meisten der Bücher im Bücherregal, vergilbte Schmöker, nie geöffnete Romane ihrer berühmten Kollektion klassischer Autoren, Frauenzeitschriften mit Eselsohren und fleckige, fettige Kochbücher. In weniger als einer Stunde hatte ich zehn volle Müllsäcke im Wohnzimmer aufgetürmt. Die Müllmänner würden erst in zwei Tagen kommen. Ich öffnete die Kellertür und warf die Müllsäcke nacheinander über die Treppe nach unten. Ich hatte beschlossen, immer nur zwei auf den Bürgersteig zu stellen, wenn die Müllmänner kamen. Ein riesiger Abfallhaufen hätte Aufmerksamkeit erregt. Ich legte keinen Wert darauf, dass die Nachbarn irgendetwas Ungewöhnliches bei mir bemerkten. In diesem Rhythmus wäre ich sie in ein paar Wochen los. Ich ging einkaufen. Ich ertappte mich dabei, dass ich neue und teurere Dinge kaufte. Ich kehrte nach Hause zurück mit einem Bavette-Steak statt des ewigen Hacksteaks, das ich ohne weiter nachzudenken als Frikadellen verspeiste. Ich hatte auch Obst für Jean mitgenommen. Der Winter verlangsamte das Leben der Stadt hinter den vereisten Fenstern. Ich pfiff dämliche Melodien. Ich fühlte mich leicht.

Eine Woche später geriet alles aus den Fugen.

Jean glühte vor Fieber. In seinem Zimmer herrschte ein scharfer Geruch. Er verweigerte jegliche Nahrung. Ich hatte ihn von seiner Kette befreit und unter einem Berg von Decken begraben. Er röchelte und klapperte mit den Zähnen. Es war unerträglich. Ich löste Aspirin in einem Glas Wasser auf, und es gelang mir, ihm ein paar Schlucke einzuflößen. Als ich ihn wusch, fielen mir riesige Lymphknoten auf. Sie mussten sich innerhalb weniger Stunden gebildet haben. Ich betastete sie angeekelt. Sie enthielten in ihrer geschlossenen Hülle die lebendigen Rädchen einer tödlichen Störung. Sie waren das obszöne Zeichen, dass etwas in Jeans Körper an seinem Untergang arbeitete. Etwas – Virus, Bakterium, Mikrobe – vermehrte sich rasch in seinen Organen. Sein Bart war ständig schweißnass. Das Fieber hielt sich hartnäckig. Ich erlaubte mir keine Pause. Ich döste gerade mal ein paar Stunden zusammengerollt vor seinem Bett wie ein unglücklicher Hund. Ich versuchte die Ursachen für seine Krankheit herauszufinden, vergegenwärtigte mir, was er in den letzten Tagen gegessen hatte, fand aber nichts, was eine Lebensmittelvergiftung hätte auslösen können. Ich betastete seinen Kopf und untersuchte seine alten Verletzungen. Nichts. Ich öffnete seinen Mund und leuchtete mit einer Taschenlampe hinein. Sein Hals kam mir gerötet vor. Seine Zunge war weißlich. Ich tastete seinen Bauch ab. Ich stellte mir sogar vor, dass Jean von Würmern befallen war oder dass es einer Ratte in der Nacht gelungen war, sich in seinen Eingeweiden einzunisten. Das war unmöglich, aber ich zog es trotzdem in Betracht, und das reichte aus, um mich zur Verzweiflung zu bringen.

Ich hatte nie gedacht, dass Jean sterben könnte. Dabei war diese Furcht berechtigt gewesen, als ich ihn zu mir nach Hause gebracht hatte. Er hatte damals so wenige Lebenszeichen von sich gegeben, dass ich mit dem Schlimmsten hätte rechnen müssen. Aber nein. Als hätte sein Tod keinen Sinn. Ich konnte mir diese blinde Kraft nicht erklären, die mich beseelte, als ich begriffen hatte, dass Jean nicht nur Teil meines Lebens war, sondern dass er *mein* Leben war. Diese Sicherheit hatte ich jetzt nicht mehr. Jean würde sterben, wenn ich keine Möglichkeit fand, ihn gesund zu machen.

Dann bahnte sich ein heimtückischer Gedanke einen Weg in mein Herz. Jeans Krankheit war sie. Meine Mutter.

Sie hatte es nicht geschätzt, dass ich mich ihrer Sachen entledigte, nicht ertragen, dass ihr Sohn die Überreste ihres erloschenen Lebens kunterbunt durcheinander in Müllsäcke stopfte. Sie wusste alles, sah alles, griff an, unterminierte, was ich liebte. Es gibt nichts Besseres als den Tod, um den Alltag der Lebenden zu überwachen. Ein erhabener Ort. Niemand kann einen daraus vertreiben. Sie beobachtete mich seit dem Beginn ihres Endes.

Sie war gestorben, um endlich zu sehen, was für eine Art Sohn ich war.

DAS FOTO

Nachdem ich drei Nächte ohne Hoffnung bei Jean gewacht hatte, ging ich in den Keller hinunter. Das erste Tageslicht drang herein. Ich schwankte vor Müdigkeit. Ich hatte mich entschlossen, alles wieder an seinen Platz zu räumen, was meiner Mutter gehört hatte. Ich war zu dieser Feigheit bereit. Ich würde ihre Kleidung wieder in ihre Schubladen legen, ihre alten Fläschchen wieder in den Medizinschrank stellen und die magnetischen Tiere wieder am Kühlschrank befestigen. Alles würde wie zuvor sein. Und falls nötig, würde ich zur Müllhalde der Stadt fahren, um die beiden bereits abgeholten Müllsäcke wiederzufinden!

Ich hatte kapituliert. Tot kam sie mir stärker als lebendig vor, da sie alle Zeit der Welt hatte, um mir zu schaden. Das Haus widerte mich an, als würde der Leichnam meiner Mutter innerhalb seiner Wände verwesen, angesteckt von ihrem krankhaften Verlangen nach ihrem Ehemann.

Ich stand vor dem Haufen Müllsäcke, als hätte Jeans Krankheit sich vor mir ausgebreitet: ein Krebs. Im schmutzigen Halbdunkel des Kellers atmeten sie wie schwarze und stinkende Lungen. Als ich mich vorbeugte, um einen zu ergreifen, spürte ich die Anwesenheit meiner Mutter. Als ich mich umdrehte, bemerkte ich das große Foto von ihrem vierzigsten Geburtstag. Dabei hatte ich geglaubt, ich hätte es in einen alten Karton gelegt. Ich hatte meine Absicht ganz offensichtlich nicht zu Ende gebracht, ich hatte es einfach nur auf den Karton gelegt. Ich begriff, warum ich dieses Foto nicht länger hatte ertragen können, als es im Wohnzimmer gestanden hatte. In ihrer makellosen Krankenschwesterkleidung trug meine Mutter ihre wohlwollende Grausamkeit zur Schau. Ihr wahres Gesicht zeigte sich. Ein hasserfülltes Gesicht. Hart. Unnachgiebig. Das Gesicht einer Mörderin.

»Du hast keinerlei Macht, keinerlei Recht, Mama. Du siehst mich nicht. Du hast nichts gesehen. Du weißt nicht, dass Jean in deinem Bett lebt. Du weißt nichts, weil du nichts mehr bist.«

Ich zerschmetterte den Rahmen und warf einen angewiderten Blick auf die Müllsäcke; die Sachen meiner Mutter würden hier unten vermodern. Während ich die Kellertreppe wieder hinaufging, hallte der Name Josiane Gravel durch meinen Kopf. Ich würde sie anrufen. Sie war eine professionelle Krankenschwester. Sie würde wissen, wie man Jean behandeln musste.

Ich verbrachte einen geschlagenen Tag unschlüssig vor dem Telefon. Wie sollte ich sie überzeugen, zu mir zu kommen? Was sollte ich ihr sagen? Würde sie mich auslachen? Josiane Gravel einzuladen schien mir undenkbar, ja gefährlich. Einen Arzt um Hilfe zu bitten oder einen Krankenwagen zu rufen kam nicht infrage. Ich war schließlich nicht verrückt. Niemand würde das verstehen. Man würde mir Jean wegnehmen. Man würde mich ins Gefängnis werfen. Und Jean würde ohne mich sterben.

DER KUCHEN

Jeans Zustand verschlechterte sich stündlich. Unmöglich, ihm Wasser einzuflößen. Er hatte keine Reflexe mehr. Ich konnte kaum noch seinen Atem wahrnehmen. Nachdem ich zwei weitere Tage gezögert hatte, war mein Entschluss gefasst: Ich würde Josiane anrufen.

Ich brauchte einen Vorwand. Ich kam auf die Idee, sie glauben zu lassen, ich hätte Geburtstag, was nicht stimmte, da ich bereits vor drei Monaten siebenunddreißig geworden war. Während des Essens würde ich ihr mitteilen, dass ich das Zimmer meiner Mutter an jemanden vermietet hätte. Ich würde ihr von ihm erzählen: Ein sehr netter Mann … Er hätte mit großer Freude dieses Geburtstagsessen mit uns geteilt, aber er sei ganz plötzlich krank geworden … Nein, nein, nichts Schlimmes, aber ich mache mir trotzdem Sorgen … Könnte sie ihn sich nicht mal anschauen? Ja, er habe ein wenig Fieber … Vielleicht könnte sie mir ihre Meinung sagen? Sie habe meine Mutter ja mit solcher Fachkompetenz gepflegt …

Mit angehaltenem Atem rief ich sie schließlich an. Zwei Minuten später dankte ich Gott auf Knien im Wohnzimmer. Josiane hatte mit erstickter Stimme einfach nur gesagt, sie werde kommen.

Sie hatte nicht überrascht gewirkt, keine Fragen gestellt und mit keinem Wort meine Mutter erwähnt. Nichts. Als hätten wir uns am Tag zuvor gesehen. Sie hatte auch die Hefte nicht angesprochen. Nicht die geringste Anspielung. Ein Wunder.

Ich nahm eine Dusche, rasierte mich und ging einkaufen. Ich kaufte ein bereits gebratenes Hähnchen, eine Flasche Wein und einen Kuchen, auf den ich »Alles Gute zum Geburtstag, Edgar« hatte schreiben lassen.

Ich erwartete sie gegen 19 Uhr. Sie klopfte an meine Tür um 19 Uhr. Ich hatte von dem Fenster aus, an dem ich auf ihre Ankunft lauerte, kein Auto kommen sehen. Daraus schloss ich, dass sie den Bus genommen hatte. Sie musste gute zehn Minuten gelaufen sein, nachdem sie an der Haltestelle ausgestiegen war. Als sie meine Mutter pflegte, hatte sie ein Taxi genommen und sich die Fahrtkosten wiedergeben lassen. Ich ließ sie herein. Es gab einen Augenblick des Schweigens. Kurz, aber beklemmend genug, um uns beide erstarren zu lassen. Sie nahm ihre Kopfbedeckung ab. Eine hässliche Pudelmütze. Ihr Haar war schwarz, sie färbte es nicht mehr. Sie zog ihren Mantel aus und fragte mich, ob sie ihre Stiefel ausziehen solle, von denen schmutziger Schnee tropfte. Ich antwortete ihr, das sei nicht nötig. Sie wirkte überrascht und deutete endlich ein Lächeln an. Sie öffnete ihre Handtasche und nahm ein in Seidenpapier gewickeltes Päckchen heraus. Ich hängte ihren Mantel in den Wandschrank in der Diele und legte Mütze und Handtasche dazu. Ich bemerkte, dass ihre Hände zitterten. Als ich zu ihr zurückkehrte, wünschte sie mir alles Gute zum Geburtstag und reichte mir errötend ihr Geschenk. Ich öffnete es. Eine apfelgrüne Krawatte. Ich hätte sie am liebsten geohrfeigt. Und gleich darauf in meine Arme geschlossen und mich in den ihren verloren.

Eine Krawatte.

Dieses Geschenk nahm mir jedes Schamgefühl. Ich musste schnell handeln. Ich ließ Josiane am Tisch Platz nehmen, der bereits gedeckt war. Salat, Brathuhn, Kuchen, Wein. Josiane bemerkte, dass das Haus ihr größer vorkomme. Der Wein war schlecht. Josiane beklagte sich nicht. Sie war höflich. Ich wartete auf den Augenblick, da sie von den Heften sprechen würde. Vermutlich wartete sie darauf, dass ich sie nach ihrem Verlobten oder ihrer Hochzeit fragte. Ich war mir sicher, dass es niemals einen Verlobten oder eine Hochzeit gegeben hatte. Sie hatte mich angelogen. Warum wäre sie sonst gekommen? Ihr Haar ließ ihr Gesicht ohne die falsche Blondheit entschlossener aussehen. Seltsamerweise machte sie das jünger. Ich konnte mir das Mädchen vorstellen, das sie gewesen war. Vermutlich eine Jugendliche, die sich in ihrer Haut nicht wohlgefühlt hatte. Ein gequältes Wesen. Wie ich. Ich hatte mich geirrt: Sie war nicht hässlich. Nicht schön. Nicht hübsch. Nichts. Banal, farblos, ohne Interesse. Wie ich. Im Grunde ähnelte sie mir.

Nachdem sie das Huhn aufgegessen hatte, kam sie auf das Heft zu sprechen. Ob ich ihre Absichten verstanden hätte? Warum sie es mir geschickt habe? Ich beruhigte sie. Ich betrachtete ihre zarten Hände. Sie trug einen Pullover, der sie dicker aussehen ließ. Ich räumte die Teller ab und kam mit dem Kuchen aus der Küche zurück. Ich kam mir blöd vor, ich hatte doch tatsächlich siebenunddreißig Kerzen draufgesteckt. Ich fand diese Maskerade plötzlich peinlich und ungeschickt. Was würde sie von einem Mann denken, der sich selbst seinen Geburtstagskuchen vorbereitet? Endlich erzählte ich ihr von meinem Mitbewohner. Ich stammelte etwas herum, aber ich hielt mich an mein Szenario. Sie wirkte weder überrascht noch verärgert, als könnten unvorhergesehene Dinge sie nicht aus der Fassung bringen. Ich spürte, dass diese Ablenkung sie sogar erleichterte. Während des Essens hatte eine bedrückende Atmosphäre geherrscht. Sie hatte etwas anderes von mir erwartet. Mehr Aufmerksamkeit? Mehr Neugier für sie? Wenn ich sie schon allein zu diesem vorgetäuschten Geburtstag eingeladen hatte, stand ihr angesichts der

Umstände, die uns wieder zusammengeführt hatten, jedes Recht zu, mehr zu erhoffen als mein lasches Verhalten ihr gegenüber. Ich begehrte sie nicht im Geringsten.

Sie folgte mir die Treppe hinauf.

Als ich sie in das Zimmer treten ließ, führte sie sofort ihre Hand an den Mund. Dann wich sie zurück, als müsste sie sich übergeben. Ich begriff, wie sehr ich mich an den Gestank gewöhnt hatte, der zwischen diesen Wänden herrschte. Jean befand sich im Zustand der Verwesung. Oder irgendetwas Unbekanntes verfaulte in ihm. Josiane sah mich ungläubig an. Ich schob sie zum Bett. Nichts spielte sich so ab, wie ich gehofft hatte. Jean entsprach mit seinen schmutzigen Haaren und seinem struppigen Bart so gar nicht dem zurückhaltenden und zuverlässigen Untermieter, den ich ihr beschrieben hatte. Er wirkte eher wie eine sterbende Kanaille, eine albtraumhafte Kreatur. Sie fühlte seinen Puls, das war alles, und verließ hastig das Zimmer.

War Josiane zu spät gekommen? Ich ging zu ihr hinunter ins Erdgeschoss. Sie war im Wohnzimmer und wählte eine Nummer. Ich riss ihr das Telefon aus den Händen.

Was passierte dann? So sehr ich auch in meinen Erinnerungen krame, es gelingt mir nicht, den genauen Ablauf der Ereignisse zu rekonstruieren. Es bleibt ein Loch, in dem ich noch heute ertrinke. Ich habe sie getötet. Das ist die einzige Gewissheit, die ich habe. Ich habe Josiane Gravel mit Messerstichen getötet. Mit mehreren Messerstichen. Ich stelle mir vor, dass sie versucht hat, mich zu überzeugen, wir müssten dringend Hilfe rufen. Hatte sie, als sie das Zimmer betreten hatte, erkannt, dass da etwas nicht stimmte? Ihr Instinkt als Krankenschwester, nehme ich an. Sie hat Angst gehabt. Um sich. Um den Unbekannten, der dort oben verweste. War sie im Begriff gewesen, einen Krankenwagen oder die Polizei zu rufen? Ich werde es nie erfahren. Ich erinnere mich, dass ich meinen Geburtstagskuchen betrachtet habe. Ich glaube, ich habe sie angeschrien, sie dürfe dem ersten Eindruck nicht trauen. Wenn mir jemand helfen könne, dann sie, nur sie, sonst niemand! Habe ich ihr gesagt, dass der Unbekannte Jean hieß? Habe ich ihr wiederholt, dass es absolut nicht infrage komme, wen auch immer zu rufen? Habe ich sie angefleht, wieder hinaufzugehen und alles in ihrer Macht Stehende zu tun, um ihn zu retten? Mit welchen Worten? Ich erinnere mich nicht mehr. Was hat sie gesagt? Was hat sie gemacht? Daran erinnere ich mich ebenfalls nicht. Ich betrachtete den Geburtstagskuchen, der auf dem kleinen Wohnzimmertisch stand, das ist alles, woran ich mich erinnere. Und auch an das Messer, mit dem ich ihn angeschnitten hätte, wenn sich alles so abgespielt hätte, wie ich es in meiner Naivität erhofft hatte, und das ich stattdessen benutzt habe, um Josiane Gravels Leben ein Ende zu setzen.

DER PFEIL

Ich war überrascht, nicht niedergeschlagen, überrascht, dass sich alles so abgespielt hatte wie in den Kriminalfilmen oder Kriminalromanen. Jemanden töten war nicht schwer. Das kam vor. Schnell. Sehr schnell. Vor allem, wenn man es nicht geplant hat.

Ich brachte den Leichnam von Josiane Gravel in den Keller hinunter. Ich glaube nicht, dass ich mir vorgestellt habe, ich könnte sie mir anders vom Hals schaffen. Aus Geldmangel war die Einrichtung des Kellers nie beendet worden. Da der Boden aus gestampfter Erde bestand, brauchte ich nur die Müllsäcke beiseite zu räumen, ein Loch zu graben, Josiane zu beerdigen und die Müllsäcke wieder daraufzustapeln. Ich hatte auch ihren Mantel, ihre Mütze, ihre Handtasche, die Krawatte mit ihrer Verpackung und das Messer begraben.

Das Graben hatte mich erschöpft. Zurück im Wohnzimmer, verkrampfte sich mein Herz bei dem Gedanken, dass Jean tot sein könnte. Hätte ich warten sollen, bevor ich das Loch im Keller wieder schloss? Das Formulieren dieser Frage stürzte mich in tiefe Verzweiflung. So weit war es mit mir gekommen: Ich machte mir um derartige Details Gedanken, war aber nicht imstande, mir das Leben nach Jean vorzustellen. Angewidert legte ich mich auf das Sofa im Wohnzimmer, da ich mich nicht traute, nach oben zu gehen. Ich sank in einen widerwärtigen Schlaf. Der Pfeil. Er verfolgte mich erneut. Diesmal sah ich undeutlich den Mann, der ihn abgeschossen hatte. Er kam langsam auf mich zu, eine Armbrust in den Händen. Ich floh Hals über Kopf und versuchte, den Hindernissen, den Bäumen auszuweichen, die plötzlich auf meinem Weg emporragten. Außer Atem, auf Knien, spürte ich, wie mein Nacken unter dem Einschlag krachte. Ich öffnete die Augen, jemand war im Wohnzimmer. Im Halbdunkel erkannte ich die bis auf die Knochen abgemagerte Gestalt einer Kreatur aus dem Jenseits. Der Mann mit der Armbrust aus meinem Traum näherte sich mir. Es war Jean.

Sein nackter, erschreckend magerer Körper schüchterte mich ein. Ich hatte das Gefühl, einen Gegenstand zu untersuchen, für den ich keine Gebrauchsanweisung hatte. Ich sagte seinen Namen, er reagierte nicht. Ich berührte seine Schulter, er bewegte die Lippen. Ich brachte ihn dazu, sich hinzusetzen, und flößte ihm Wasser ein. Er hatte immer noch Fieber, doch er hatte aufstehen und die Treppe hinuntergehen können, was sprach also dagegen zu hoffen, dass er das Schlimmste hinter sich hatte? Er würde leben, ich hätte niemals daran zweifeln dürfen. Ich fühlte mich hundsgemein, weil ich es getan hatte. Es war ein schwerer Fehler gewesen, Josiane Gravel eingeladen zu haben, das wurde mir jetzt auf schmerzliche Weise bewusst.

Ich legte Jean in mein Bett; zu viele schädliche Gerüche erfüllten sein Zimmer. Am nächsten Morgen desinfizierte ich es gründlich. Ich wusch alles: Laken, Vorhänge, Fußboden, Wände. Trotz der Kälte öffnete ich das Fenster. Die eisige Luft vertrieb die letzten Reste der Krankheit. Am frühen Abend brachte ich Jean wieder in sein Zimmer. Seine Lymphknoten waren mehr oder weniger verschwunden. Er hatte ein wenig Gemüsepüree gegessen. Ich hatte seit dem Vorabend nichts mehr gegessen. Ich öffnete eine Dosensuppe und aß sie mit einem Stück Brot. Ich holte meinen Geburtstagskuchen, den ich im Wohnzimmer gelassen hatte, und stellte ihn in die Mitte des Küchentischs. Ich betrachtete die roten Buchstaben auf der Glasur und hätte am liebsten geweint wie ein Kind: »Alles Gute zum Geburtstag, Edgar.«

Ich war zum Mörder geworden.

Ich zündete die siebenunddreißig Kerzen an, bat Gott um Vergebung für meine Sünden und gelobte, mich um seinen lebendigen Sohn zu kümmern. Ich pustete die Kerzen aus und schnitt ein Stück vom Kuchen ab. Ich wollte es gerade essen, als ich einen ungewöhnlichen Ton hörte. Ich spitzte die Ohren. Ich erkannte die ersten Töne von *À la claire fontaine*. Die Melodie schien aus weiter Ferne zu kommen. Plötzlich verstummte sie. Ich legte meine Gabel hin und blickte mich um. Das kleine Radio auf der Spüle war ausgeschaltet. Ich überprüfte den Fernseher. Ebenfalls ausgeschaltet. Ich hörte erneut die gleichen Töne, die kurz darauf wieder verschwanden. Ich öffnete die Kellertür und ging die Treppe hinunter. Ich wartete ein paar Minuten und lauschte. Die Melodie ertönte erneut aus dem Haufen von Müllsäcken, wie eine erstickte Klage, ein ferner Gesang. Mein Herzschlag beruhigte sich. Nein, das war nicht das Gespenst von Josiane Gravel, das mir *À la claire fontaine* vorsang, sondern der Klingelton ihres Handys.

Ihr Telefon klingelte den ganzen Abend, selbst nach Mitternacht. Jemand suchte sie. Es war klar, dass ihre Abwesenheit gemeldet worden war. Ich stellte mir vor, dass die ganze Stadt bereits nach ihr suchte. Am nächsten Tag hörte das Klingeln am Spätnachmittag auf. Der Akku des Handys hatte endlich seinen Geist aufgegeben. Es wurde auch Zeit, ich war kurz davor, Josiane Gravel wieder auszugraben.

Ich warf den Kuchen und seine siebenunddreißig albernen Kerzen in den Müll, ohne ihn probiert zu haben.

DIE INSPEKTOREN

Ich traute mich nicht mehr, das Haus zu verlassen, ich hatte Angst, lauthals »Ich liebe dich schon so lange, nie werde ich dich vergessen«, den Refrain von *À la claire fontaine*, vor verblüfften Passanten zu singen! Ich, Edgar Trudel, hatte jemanden getötet. Ich schlug meinen Kopf gegen die Wand meines Zimmers.

Eines Abends flüchtete ich mich in Jeans Bett und schmiegte mich an ihn. Es war das erste Mal in meinem Leben, dass ich jemanden umschlang. Ich war überrascht, dass ein Körper eine solche Wärme ausstrahlen konnte und dass mein Körper sie mit einer solchen Gier goutierte.

Ich war entschlossen, ihn nicht mehr anzuketten, außer wenn ich das Haus verließ. Manchmal machte er in meiner Gegenwart ein paar Schritte, blieb dann stehen und wartete darauf, dass ich auf ihn zu ging. Ich bemerkte in seinem Blick einen Schimmer von Erleichterung, wenn ich ihm half, sich in einen Sessel zu setzen. Ich verstand nicht, wie er an dem Abend die Treppe hinuntergekommen war. Als hätte der Tod von Josiane Gravel Jeans Genesung erlaubt, als hätten kommunizierende Röhren ihre Existenzen miteinander verbunden. Trotz dieses beruhigenden Gedankens verbrachte ich meine Tage damit, kilometerlang Vaterunser abzuspulen. Ich brauchte das, um meine Ängste zu vertreiben, die immer größer wurden: Wenn die Polizei mir auf die Spur käme? Josiane Gravel hatte mir geschrieben, ich hatte ihr geschrieben, und wir hatten miteinander telefoniert. Man konnte mühelos eine Verbindung zwischen uns herstellen.

Während des Essens an meinem vorgetäuschten Geburtstag hatte ich mich überzeugt, dass sie allein lebte. Ich war mir nicht mehr sicher. Ich hatte sie nur einmal angerufen, und sie war sofort rangegangen. Daraus hatte ich geschlossen, dass sie allein lebte. Wie naiv von mir! Ihr Mann hätte sie ohne Weiteres in die Arme nehmen können, während sie mit mir sprach. Wie konnte ich absolut sicher sein, dass sie nicht jemanden über ihre Verabredung mit mir informiert hatte? Tagelang ging ich bis zum Überdruss verschiedene Szenarien durch, die zu dem immer gleichen Ergebnis führten: Eine Person aus Josiane Gravels Umfeld wusste etwas. Ihr Verlobter oder ihr Mann, ihre Mutter, ihre Schwester, ein Nachbar?

Von unerträglicher Angst gequält, schaltete ich den Fernseher ein. Vorher war ich nicht dazu imstande gewesen. Seit einem Monat hatte ich keine Zeitung mehr gelesen oder Radio gehört. Ich hatte zwei-, dreimal das Haus verlassen, um einkaufen zu gehen, mehr nicht. Ich erwartete jeden Augenblick, dass das Haus von bewaffneten Polizisten umstellt würde. Im Grunde hoffte ich es. Warum war nach so vielen endlosen Tagen niemand gekommen, um mich zu verhaften? Ich wollte wissen, wen Josiane Gravel angerufen und Dutzende Male »ich liebe dich schon so lange« in meinem Schädel hatte widerhallen lassen, Worte, die mich jeden Tag aufs Neue verfolgten. Ich wollte wissen, ob er es war, ihr Verlobter, ihr Mann, den man in den Fernsehreportagen sah, wie er die Bevölkerung anflehte, jeden noch so kleinen Hinweis zu geben, der helfen könnte, seine Geliebte zu finden. Ich wollte wissen, wen ich wirklich getötet hatte.

Ich zappte mehrmals, bevor ich endlich auf eine Reportage stieß, die meine Aufmerksamkeit erregte. Sie betraf nicht das Verschwinden von Josiane Gravel, sondern die Ermordung einer Sängerin. Ihr Mörder lief nach monatelangen Ermittlungen immer noch frei herum. Die Reportage endete mit ihrem Foto und ihrem Namen. Émilie Langevin (1980 – 2001). Ich zappte erneut, fand aber nichts über Josiane Gravel. Schließlich beschloss ich, verschiedene Zeitungen zu kaufen. Draußen herrschte starker Schneefall. Ich zog die Stiefel und einen Mantel an. Als ich gerade das Haus verlassen wollte, klopfte es an der Tür. Seit dem Tod meiner Mutter hatte außer Josiane Gravel niemand an diese Tür geklopft.

Da waren sie. Sie hatten mich gefunden. Sie kamen, um mich zu verhaften.

Ich öffnete die Tür. Zwei Männer fragten mich, ob ich Edgar Trudel sei. Ich stammelte ein paar Worte. Sie waren Polizeiinspektoren. Sie untersuchten das Verschwinden von Josiane Gravel. Sie wussten, dass ich sie am Tag vor ihrem Verschwinden angerufen hatte. Die Liste ihrer Anrufe lasse nicht den geringsten Zweifel daran. Ich lud sie ein, sich an den Küchentisch zu setzen, und bot ihnen Kaffee an. Sie lehnten ab und fragten mich, ob ich allein lebe. Ich erwiderte, das sei seit dem Tod meiner Mutter der Fall. Diese Frage hatte mich in höchstem Maße beunruhigt. Jean durfte auf gar keinen Fall auch nur das geringste Geräusch machen. Was hätte ich ihnen sagen sollen, wenn er die Treppe herunterkäme und sich ihnen nackt oder mit Windel gezeigt hätte? Zum Glück trat nichts von all dem ein. Ich erklärte den beiden Inspektoren, dass Josiane Gravel meine Mutter gepflegt habe. Ich hätte sie kaum gekannt, aber gut genug, um ihren Wert und vor allem ihre fachliche Kompetenz zu schätzen. Ich hätte sie praktisch vergessen, aber durch den Jahrestag des Todes meiner Mutter hätte ich mich wieder an sie erinnert. Ich hätte sie daher vor einiger Zeit angerufen, um ihr zu danken und mich zu erkundigen, wie es ihr gehe. Mein Anruf sei reine Höflichkeit gewesen, mehr nicht.

Nein, Josiane Gravel habe während des Telefonats nichts Ungewöhnliches erwähnt. Nein, ich hätte keine Ahnung, wo sie sein könnte. Nein, ich wisse nichts über ihr Privatleben. Ja, ihr Verschwinden gehe mir schon nahe.

Sie entschuldigten sich höflich für die Zeit, die sie mir gestohlen hätten, und gaben mir eine Telefonnummer, unter der ich sie erreichen könne, falls ich irgendetwas Neues erführe. »Man kann ja nie wissen«, sagte derjenige, der die meisten Fragen gestellt hatte. Der andere hatte sich Notizen in einem kleinen Notizbuch gemacht. Während der ganzen Befragung hatte ich meinen Mantel anbehalten. Mein Hemd war schweißnass.

Als die Inspektoren gegangen waren, war ich hinsichtlich einer Sache beruhigt: Josiane Gravel hatte niemanden informiert, dass sie mit mir verabredet war, andernfalls hätten die beiden es auf die eine oder andere Weise erwähnt. Sie hatte nie einen Verlobten gehabt. Ihre Mutter oder eine Freundin hatten kurz nach ihrem Verschwinden angerufen. Wie auch immer, ich würde es nie erfahren, die Antwort war verborgen im elektronischen Innenleben ihres Handys neben ihrem Leichnam. Sie hatte meine Einladung akzeptiert, weil sie sich von unserer Begegnung etwas erhofft hatte. Ihre Erwartungen waren bei Weitem übertroffen worden.

Ich war nicht hinausgegangen, um Zeitungen zu kaufen. Am nächsten Tag nahm der Name Émilie Langevin erneut meine Aufmerksamkeit in Anspruch. Er erinnerte mich an jemanden oder etwas, ohne dass ich ein bestimmtes Ereignis damit in Verbindung bringen konnte. Im Laufe des Tages geisterte der Name immer wieder durch meine Gedanken wie eine kleine Verletzung, die den Körper daran erinnert, dass sie da ist. Im Übrigen war ich durch den Besuch der beiden Inspektoren sehr angespannt. Beim geringsten Geräusch zuckte ich zusammen, stellte mich ans Wohnzimmerfenster und lauerte auf weiß der Teufel was, beobachtete jedes Auto, das vorbeifuhr. Ich war mir nicht mehr sicher, dass ich die beiden Inspektoren überzeugt hatte. Ich hatte, während sie mich befragt hatten, die ganze Zeit den Mantel anbehalten, was ziemlich leichtsinnig von mir gewesen war. Dieses Verhalten war ihnen mit Sicherheit verdächtig vorgekommen. Warum hatte ich ihn nicht ausgezogen? Ich hatte etwas zu verbergen, das war klar. Wie gewöhnlich käute ich Hypothesen, Argumente wieder, die mich letzten Endes nicht weiterbrachten.

Einer der beiden Inspektoren, der mit dem kleinen Notizbuch, rief mich ein paar Wochen später an. Nein, ich hätte ihm nichts Neues zu sagen. Josiane Gravel bleibe ein ungelöster Fall, wie so viele andere in dieser Stadt, sagte er mir.

Etliche Male hatte ich geglaubt, die obsessive Klingelmelodie von Josianes Handy aus dem Keller zu hören. Durch die langen Wintermonate, die ich praktisch eingesperrt lebte, litt ich unter akustischen Halluzinationen. Ich hatte abgenommen, während Jean sich eine leichte Fettschicht zugelegt hatte. Sein Gesicht hatte eine kindliche Rundlichkeit angenommen. Er wirkte glücklich und gehorchte mir in einem Maße, dass ich zu Tränen gerührt war. Er reagierte auf einige wenige Worte: »sitz«, »lieg« »öffne den Mund« … Ich schlief häufiger bei ihm. Er stand selten von allein auf, sondern wartete, bis ich »auf« sagte. Er hatte aufgehört, sich mit Stöhnen zu beklagen. Seine grünen Augen waren nicht mehr leer, etwas Beängstigendes und Anziehendes war in ihnen aufgetaucht: die eisige Spitze eines Verlangens.

Es wurde Frühling. Ich gehörte nicht zu den Leuten, die deswegen in Jubel ausbrechen, aber diesmal hatte die Schneeschmelze eine wohltätige Wirkung auf mich. Mein Nervensystem war nicht mehr ständig in Bedrängnis, als wäre es mir gelungen, ein schmerzliches Kapitel zu beenden.

Ein Zwischenfall setzte dieser momentanen Beruhigung jedoch ein Ende. Ich war im Erdgeschoss und räumte das Geschirr vom Mittagessen weg, als ich ein ungewöhnliches Geräusch hörte, eine Art lange, hohe Klage, fast wie das Wimmern eines Babys. Ich rannte nach oben und betrat Jeans Zimmer. Er hielt eine Katze in seinen Händen. Das Tier musste durch das Fenster hereingekommen sein, das ich am Morgen einen Spalt geöffnet hatte. Ich bemerkte sehr schnell, dass etwas nicht stimmte. Jeans Gesicht hatte einen Ausdruck, den ich noch nie an ihm gesehen hatte. Eine Art erstaunter Freude. Und die Katze baumelte schlaff in seinen Händen. Ich wollte sie nehmen, aber Jean stieß mich weg. Ich schlug ihn und nahm ihm die Katze ab. Ihr Körper war noch warm. Nachdem ich sie in eine Plastiktüte gesteckt hatte, ging ich hinunter und warf sie in den Mülleimer.

Es handelte sich um eine kleine ganz schwarze Katze, sicher nicht die, die mir ins Gesicht gesprungen war. Die war mit Sicherheit riesig gewesen.

»À la claire fontaine, un ange vint dormir, an der klaren Quelle schlief ein Engel.«

Kurz darauf wachte ich mit diesem Satz im Kopf auf. In den folgenden Tagen konnte ich ihn einfach nicht loswerden. Er hatte sich in meinem Kopf festgesetzt und drehte sich dort pausenlos wie ein wahnsinniger Kreisel: »À la claire fontaine, un ange vint dormir … ange vint … ange vint dormir.« Der absurde Gedanke, dass ich Jeans Angreifer war, tauchte wieder auf und hakte sich an diesem Satz, der mir nicht aus dem Kopf ging, fest, wie ein lächerliches Glöckchen. Je mehr ich mich zur Vernunft mahnte, desto mehr beschuldigte ich mich: Ich hatte ihn auf dem Friedhof in seinem roten Kleid gesehen. Ich hatte auf den ersten Blick erkannt, dass es sich um einen Mann handelte, das war nur zu offensichtlich: seine breiten Schultern, seine muskulösen Beine. Ich hatte mir die Geschichte mit den vier apokalyptischen Reitern ausgedacht. Warum Reiter, warum die Apokalypse?

Ich hatte mir diese ganze Geschichte ausgedacht, um nicht zu sehen, was ich getan hatte.

DER KÜHLSCHRANK

Meinen Tagesrhythmus ändern, mir andere Aktivitäten suchen, das würde mir helfen, mich von meinen Obsessionen zu befreien. Die Aprilsonne strahlte hinter den schmutzigen Fenstern des Hauses. Ich machte mich an den Frühjahrsputz: die Teppiche klopfen, die Vorhänge waschen, die Decken von den Spinnweben befreien, streichen …

Ich begann damit, alle Fenster zu öffnen. Frische Luft wehte durch die Räume, wirbelte die Vorhänge hoch und blies den Staub fort. Innerhalb kurzer Zeit erfüllte ein starker Geruch nach feuchter Erde das Haus. Ich hatte Jean ins Erdgeschoss gebracht. Auf dem Sofa sitzend, lauschte er dem ohrenbetäubenden Gesang der Spatzen. Ich hatte ihm alte Klamotten von mir angezogen, eine Jeans und ein weißes T-Shirt.

Wo sollte ich anfangen? Mit den Teppichen, den Fenstern, dem Kühlschrank? Dem Kühlschrank. Er war seit Jahren nicht mehr gereinigt worden. Ich zog den Stecker heraus und leerte ihn vollständig. Viele Nahrungsmittel, die in den Fächern vergessen worden waren, waren mit Schimmel überzogen. Ich füllte einen Mülleimer mit Gläsern unbestimmbaren Inhalts. Ich machte eine Pause, während das Gefrierfach abtaute, und ging ins Wohnzimmer zu Jean. Er hatte sich nicht vom Fleck gerührt. Ich sagte »auf« zu ihm. Er stand auf und öffnete den Mund. Die Zeit für sein Mittagessen war längst überschritten, er wartete darauf, dass ich ihn fütterte. Ein Eichhörnchen kletterte auf den Fenstersims. Es knabberte ein Stück Apfel, das es in einem Mülleimer gefunden haben musste. Jean machte einen Schritt auf das Tierchen zu. Das Eichhörnchen erstarrte. Jean machte einen zweiten Schritt. Das Eichhörnchen entfloh mit einem Satz. Und da machte es klick: »Á la claire fontaine un ange vint dormir.« Ich hatte soeben den Grund für meine Obsession erkannt!

Ich brachte Jean in sein Zimmer zurück. Nachdem ich alle Fenster geschlossen hatte, verließ ich das Haus, startete den Wagen und fuhr zum Friedhof. Um zu finden, was ich suchte, musste ich zuerst zum Grab meiner Mutter gehen, auch wenn ich mir geschworen hatte, es nie mehr zu besuchen.

Die Nachmittagssonne strahlte hoch am Himmel, und keinerlei Trauer konnte trotz der Grabmäler die lebhafte Helligkeit dieses Tages trüben. Der Friedhof wirkte wie ein weites Meer aus Gräbern, aus dem Kreuze und Engelsköpfe ragten. Leute gingen zwischen den Gräbern umher, die sie mit Blumen schmückten. Manche hatten mitgebracht, was sie brauchten, um ihre Familienkapelle zu reinigen. Der erste sonnige Frühlingstag hatte viele Menschen zum großen Frühjahrsputz ermuntert.

Vor der kleinen Marmorplatte stehend, auf der ihr Vorname gepaart mit dem Namen meines Vaters – ANNE-MARIE TRUDEL – funkelte, rekonstruierte ich die Ereignisse: Ich war auf dem Grab meiner Mutter eingeschlafen, Schreie hatten mich geweckt, ich war bis zu einem kleinen Hang gekrochen, von dem aus ich die vier Reiter der Apokalypse gesehen hatte. Das war in einer regnerischen Herbstnacht gewesen. All das hatte wirklich existiert, ich hatte es mir nicht eingebildet. Nach ein paar Versuchen entdeckte ich das Grab, das ich suchte. Als ich mich in jener Nacht dem Ort des Angriffs genähert hatte, veranlasste mich ein Geräusch, den Kopf zu drehen. Ein Eichhörnchen, das einen Tannenzapfen auf dem Grab, das am nächsten war, knabberte, war sofort weggelaufen. In dem Augenblick hatte ich unbewusst die in den Stein gemeißelte Inschrift gelesen: ÉMILIE LANGEVIN 1980–2001. Das Eichhörnchen vorhin, dem Jean sich nähern wollte, hatte meine Erinnerung mit seinem Satz entriegelt.

Émilie Langevin … ange vint … eine ermordete Sängerin …

Ich hatte geglaubt, der Engel des Satzes sei das anklagende Gespenst derjenigen, die ich im Keller begraben hatte. Das war vollkommen klar für mich gewesen. Aber ich lag absolut falsch. Er war die ermordete Sängerin, Émilie Langevin.Und ich wusste jetzt, wo ich ihren Namen das erste Mal gelesen hatte: auf dem Grab, wo Jean angegriffen worden war.

Ich kehrte nicht sofort nach Hause zurück; ich musste nachdenken. Ich durchquerte einen Teil der Stadt und parkte den Wagen in der Nähe des Hafens. Ich ging zu einer Promenade, die am Fluss entlangführte, ich brauchte auch Weite. Ich saß eine ganze Weile auf einer Bank und beobachtete die Möwen, die am Himmel kreisten oder in der Nähe der öffentlichen Mülleimer niedergingen. Es war sehr stürmisch. Obwohl die Sonne unvermindert heiß herniederbrannte, fror ich, die Arme verschränkt vor dem Bauch. Irgendetwas quälte mich, hielt mich auf dieser Bank fest. Auf diesem Friedhof, dem größten der Stadt, vielleicht des ganzen Landes, gab es Tausende von Gräbern. Dieses Grab oder ein anderes, wo war da der Unterschied? Dennoch wollte es mir nicht einleuchten, dass es keine Verbindung zwischen Jean und Émilie Langevin, zwei Opfern von Aggression, geben sollte. Die eine war ermordet worden, und den anderen hatte ich gerettet. Was war in jener Nacht wirklich geschehen, dessen Zeuge ich geworden war?

Ich musste nach Hause zurück, Jean hatte den ganzen Tag fast nichts gegessen. Im Wagen änderte ich meine Meinung, fuhr in die Innenstadt und ging in ein Plattengeschäft. Ich fragte einen

Verkäufer, ob er eine Sängerin namens Émilie Langevin kenne. Er verneinte. Im Grunde erleichtert durch diese Antwort, beschloss ich, dass es besser wäre, die ganze Geschichte zu vergessen.

Wieder zu Hause, musste ich mich als Erstes um den Kühlschrank kümmern. Das Tiefkühlfach war vollständig abgetaut und hatte eine schmutzige Pfütze auf dem Fußboden hinterlassen. Ich putzte die Küche und räumte die wenigen noch essbaren Lebensmittel in den Kühlschrank. Der Tag neigte sich dem Ende zu. Der große Frühjahrsputz würde ein andermal stattfinden müssen. Mit fehlten die Lust und die Kraft dafür. Ich füllte eine Schale mit Zerealien für Jean und begnügte mich selbst mit zwei trockenen Keksen.

Es war stärker als ich, am nächsten Morgen betrat ich eine Buchhandlung, die nur wenige Minuten von meinem Haus entfernt lag. Dort wurden Bücher, aber auch CDs und allerlei Kitsch verkauft. Ich suchte in den Verkaufsständern, ohne Erfolg. Nichts unter L, was Langevin nahekam. Ich erkundigte mich bei der jungen Frau hinter dem Ladentisch. Der Name Émilie Langevin sagte ihr vage etwas. Ich erzählte ihr, dass die Sängerin ermordet worden sei. Ihr Gesicht leuchtete auf. Sie verschwand hinter einem Regal und kam mit einer CD zurück. Ich kaufte sie.

Émilie Langevin war Mitglied der Band Fatal Foetus gewesen. Ich hatte keine Ahnung von Gothic Metal. Ein Booklet in der CD-Hülle gab einen historischen Abriss dieses Musikstils zu Beginn der neunziger Jahre. Ich erfuhr nicht viel: triste Atmosphäre, selbstzerstörerisches Verhalten, Integration einer weiblichen Stimme in eine Welt aus metallischen und kalten Klängen. Ich hörte mir die CD ein paar Minuten an. Das reichte. Vor allem das Cover beunruhigte mich: vier schwarz gekleidete Frauen umringten eine weitere, die einen langen Mantel trug, der über ihrem nackten Bauch halb offen war: Émilie Langevin. Die fünf Frauen hatten langes schwarzes Haar. Ihre Augen waren dunkel geschminkt.

Fatal Foetus: Dieser Name ängstigte mich ebenso sehr wie die Titel ihrer Songs, die seltsam, manchmal unverständlich waren. Ich warf die CD in den Müll, stürzte mich in den großen Frühjahrsputz und schwor mir diesmal, nicht mehr an all das zu denken.

DIE PERÜCKE

Die Liste der Befehle, auf die Jean reagierte, wurde jeden Tag länger. Ich sagte ihm »iss«, und er gehorchte. Ohne meine Befehle blieb er passiv. »Zieh dich an, leg dich hin, setz dich ...« Das Leben wurde einfacher. Er hatte zugenommen und verbrachte weniger Zeit mit Schlafen. Es war die Zeit der großen Sommerhitze, wodurch die Nächte schwierig wurden. Die Feuchtigkeit der Stadt mit ihrer verschmutzten Luft machte uns tagsüber zu schaffen. Ich wäre mit Jean gern in einen Park gegangen oder hätte ihn auf den kleinen Rasen vor dem Haus gesetzt, in den Schatten der alten Eiche. Ich traute mich nicht, niemand durfte auf den Gedanken kommen, dass er bei mir lebte. Jean war dazu verurteilt, versteckt zu bleiben, ich wusste nicht, wie es anders hätte gehen sollen.

Ich beugte mich seinen Vorlieben, aß, was er gern aß, Fleisch vor allem. Manchmal begnügte ich mich mit dem, was auf seinem Teller übrig blieb. Ich brauchte es, mich kleiner als er zu fühlen, und bemühte mich nach Kräften, alles zu finden, was mich erniedrigen konnte. Für jeden Befehl, den ich ihm erteilte, hätte ich mir als Ausgleich nur zu gern eine Verletzung zugefügt. Aber ich widerstand dieser Versuchung, die katastrophale Auswirkungen gehabt hätte. Daher akzeptierte ich, dass Jean mir gehorchte wie ein kleines Tier. Ich musste diese Besonderheit unserer Beziehung annehmen. Er trug meine Kleidung, ich wusch mich in seinem Badewasser. Er erriet, was ich dachte, und ich dachte, was er erriet.

Als Folge meines Frühjahrsputzrausches hatte ich eine unbändige Leidenschaft für Hausarbeit entwickelt, der ich von nun an einen Großteil meiner Zeit widmete. Ich entdeckte ständig irgendwelchen Dreck, anscheinend das Ergebnis einer kleinen Nachlässigkeit, einer mehrstündigen Abwesenheit, einer harmlosen Unachtsamkeit. Ich putzte jeden Tag das Badezimmer, ich entfernte wöchentlich den Staub von den Lampenschirmen, wischte sogar die Glühbirnen ab. Ich machte mich daran, die Küchenschubladen von ihrer Schmutzschicht zu befreien. Ich entdeckte Essensreste, vertrocknete Insekten, sogar einen mumifizierten Mäusekadaver. Ich verbrachte Stunden damit, den Stauraum unter der Spüle zu reinigen. Ich schlief besser. Der Sommer war ohne Zwischenfall zu Ende gegangen. Die Polizeiinspektoren hatten sich nicht mehr gemeldet. Niemand hatte erneut an meiner Tür geklingelt, um mich wegen Josiane Gravel zu befragen. Niemand hatte sie bei mir gesehen.

Ich freute mich über Jeans körperliche Veränderung, über die Geschwindigkeit, mit der seine Wangen, sein Bauch, seine Pobacken ihr ausgemergeltes Aussehen verloren hatten. Ich musste ihm Kleidung kaufen, er passte nicht mehr in meine. Trotz dieser erstaunlichen Fortschritte musste ich ihm immer noch Windeln anlegen. Als ich sie eines Tages in die Kommode räumte, stieß ich auf die Perücke, die ich für ein Tier gehalten hatte. Sie steckte immer noch in ihrer Plastiktüte, versteckt unter Laken. Ich ging ins Badezimmer und setzte sie vor dem Spiegel auf.

»Guten Tag. Wie heißt du? Da ist ein Geheimnis. Wie geht es dir heute? Ausgezeichnet. Und warum? Weil das Leben schön ist. Danke für deine Antwort. Ich könnte mir keine vorstellen, die wahrer wäre. Liebst du jemanden? Ich will dir nicht antworten. Es ist klar, dass du jemanden liebst. Sieh dich doch an. Was? Dein Gesicht.«

Mein Gesicht.

War es das meiner Mutter, das ich da im Spiegel erkannte? Ich nahm die Perücke ab und ging ins Erdgeschoss hinunter, um sie in den Müll zu werfen. Dabei entdeckte ich auf der Rückseite der Perücke ein kleines Etikett, auf das mit lila Tinte zwei Worte geschrieben worden waren: Fatal Foetus. Ich hatte das Gefühl, ein schleimiges Tier in der Hand zu halten, ohne Augen, aber allwissend, bereit, in meinen Kopf zu beißen und alles abzusaugen, was darin herumwimmelte.

DER GEFREITE

Ich verließ das Haus, um die CD von Fatal Foetus noch einmal zu kaufen. Ich sah mir das Foto auf der Hülle genauer an: Die fünf Mitglieder der Band trugen Perücken, die identisch waren mit der, die sich in meinem Besitz befand. Es bestand ohne jeden Zweifel eine Verbindung zwischen Jean und Émilie Langevin. Der Wurm hatte den Apfelkern erreicht. Ich wusste bereits zu viel und zugleich zu wenig. Diese Entdeckung hatte die Dämme meines Schutzsystems brechen lassen, das uns, Jean und mich, bis jetzt in einer perfekten Symbiose zusammengeschweißt hatte.

In der Stadtbibliothek fand ich nach kurzer Suche einen Artikel, in dem erwähnt wurde, dass Émilie Langevin vor zwei Jahren im September ermordet worden war. Ich konzentrierte mich auf diese Zeit. Mit ein paar Klicks bekam ich immer mehr heraus: Émilie Langevin waren Vagina und Anus zerschnitten worden, vermutlich mit einem Messer, und ihr fehlte ein Auge. Sie war verblutet. Der Gefreite Alex Lévis, ihr Ex-Verlobter, war verdächtigt worden, sie ermordet zu haben, doch man hatte keine Beweise gegen ihn finden können. Nach ein paar Tagen wurde er wieder freigelassen. Ein Jahr zuvor war Alex Lévis äußerst verstört aus dem Kosovo zurückgekommen, wo er den NATO-Streitkräften angehört hatte. Nach seiner Rückkehr hatte Émilie Langevin ihm zu verstehen gegeben, dass ihre Beziehung nicht länger möglich sei. Ihre Karriere als Sängerin sei in Schwung gekommen und beanspruche ihre ganze Zeit. Der Gefreite hatte sie vage bedroht, bevor er verschwand.

Als ich Zeitungen aus jüngerer Zeit durchsah, stieß ich auf eine Reihe von Artikeln, die über den Tod des Gefreiten Alex Lévis berichteten. Es war mehrmals davon die Rede, es habe sich um einen Selbstmord gehandelt. Ein Artikel behauptete, ohne ein Indiz zu liefern, das eine derartige Hypothese gerechtfertigt hätte, er habe sich in den Fluss gestürzt. Und dann fand ich ein Foto des Gefreiten: Er war Jean.

Bleich verließ ich die Bibliothek. Ich lief stundenlang herum, immer wieder durch dieselben Straßen. Die Dutzende von Artikeln, die ich auf einem Monitor gelesen hatte, bildeten einen quälenden Nebel hinter meiner Stirn. Es wurde Abend. Ich betrat eine Bar voller Studenten, die gerade aus den Ferien zurückgekommen waren. Das war eindeutig an ihrer gebräunten Haut zu erkennen und an ihrer Begeisterung, wieder in der Gruppe zu sein. Ich bestellte ein Bier, dann ein zweites und ein drittes. Ich hasste den Geschmack, aber ich hätte die ganze Nacht Bier getrunken, umgeben von diesen jungen Leuten voller Zukunft und verschluckt vom Lärm ihrer unbekümmerten Körper. Im Alkoholrausch sah ich wieder die vier Reiter der Apokalypse aus der Nacht auftauchen und sich auf denjenigen stürzen, dessen Identität ich seit diesem Abend kannte. Irgendetwas stimme nicht. Racheengel waren sie gewesen, alles andere als apokalyptisch. Ich hatte einer Racheszene beigewohnt: Diese vier Männer hatten den Gefreiten Alex Lévis verprügelt, um den Mord an Émilie Langevin zu rächen. Für sie war er ohne jeden Zweifel der Mörder der Sängerin.

Aber wer waren diese vier Männer?

Ich hatte eine Erleuchtung. Das waren keine Männer gewesen, die ich im Halbdunkel des Friedhofs gesehen hatte, sondern Frauen: die Mitglieder von Fatal Foetus! Wie ein besessener Polizist rekonstruierte ich den Ablauf der Ereignisse, spulte die

Szenen ab, wiederholte sie, und der Alkohol gab mir niederträchtige Details ein: Die vier Musikerinnen, in Militäruniformen, kidnappten den Gefreiten mit vorgehaltenem Revolver. Sie zogen ihn aus, fesselten ihn, schminkten ihn übertrieben, zogen ihm das Kleid an, das Émilie Langevin getragen hatte, setzten ihm ihre Perücke auf und sperrten ihn in den Kofferraum eines Autos, bevor sie zum Friedhof fuhren.

Wäre ich nicht eingeschlafen, hätte ich alles mitangesehen: Wie der Gefreite zum Grab von Émilie Langevin geschleift, gedemütigt, beschmutzt, aufgespießt wird bis auf den Grund seiner Seele, damit er das Grauen der Vergewaltigung am eigenen Leib spürt, das er seinem Opfer angetan hat, und zum Schluss mit Stiefeln getreten und halb tot liegen gelassen wird, in der Hoffnung, der Geist der Sängerin habe das Schauspiel genossen.

Schwankend verließ ich die Bar. Ich war zum ersten Mal in meinem Leben betrunken. Im Wagen malte ich mir die entwürdigenden Handlungen aus, die dem Mann, den ich zu Hause vorfinden würde, angetan worden waren. Das Präservativ, ja, um ihn zu demütigen, hatten sie es ihm vermutlich mit dem Ast in den Hals gestopft. Die Rache kannte keine Grenzen! Soll er doch krepieren, der Vergewaltiger, der Sadist! Mir wurde übel.

Ich parkte den Wagen unter dem hohen Laubdach der Eiche, enttäuscht, dass ich nicht den Mut gefunden hatte, auf die düstere Masse ihres Stamms zuzurasen. Bevor ich ins Haus ging, übergab ich mich. Angewidert öffnete ich die Tür. Jean stand vor mir. Er hatte seine Kette zerbrochen. Der Mörder Émilie Langevins lächelte.

Er machte mir Angst.

Ich zog mich in mein Zimmer zurück. Mir war schwindelig. Ich legte mich angezogen ins Bett und schlief ein, noch bevor ich die Augen geschlossen hatte.

Der Regen, der wie Messer auf das Dach prasselte, weckte mich. Ich ging ans Fenster. Die Straße hatte sich in einen reißenden Bach verwandelt, der in Richtung Innenstadt strömte. Ich hatte noch einen Geschmack von Erbrochenem im Mund, und mein Kopf schmerzte. Ich ging ins Badezimmer, um mich frisch zu machen. Es war Blut im Waschbecken. Ich bemerkte, dass auch auf dem Boden welches war. Ich verließ das Bad und ging die Treppe hinunter, wo die Blutspuren mich ins Wohnzimmer führten. Jean kniete am Boden, Blut zeichnete gewundene Rinnsale auf seinen Armen und Schenkeln und tropfte auf den Teppich, wo es neue Motive entstehen ließ. Ich erstarrte und betrachtete ihn, ohne zu begreifen.

Edgar! Edgar!

Jemand nannte mich bei meinem Namen. Ich drehte mich um, sah aber niemanden.

Edgar! Edgar!

Wieder hörte ich meinen Namen: Es war Jean, der mich rief. Zum ersten Mal hörte ich seine Stimme. Sie war in mir, ertönte in den Knochen meines Schädels. Er hatte in meinem Gedächtnis gesucht, den Weg meiner Narben gefunden und bot mir seine an, um die meinen zu heilen. Er öffnete seine Arme, und ich schmiegte mich in sie.

Der Regen prasselte hernieder, und das Haus wirkte so verletzlich ... Dennoch spürte ich eine gewaltige, neue, zitternde Kraft in seinen Armen. Er wusste alles. Ich hatte an ihm gezweifelt, er beruhigte meine Seele mit der Enthüllung seiner Unschuld. Er hatte es mit dem einzigen Mittel getan, das ihm zur Verfügung stand; seinem Blut. Ich machte mir Vorwürfe, ich, der ich ihn beschützen musste, war ebenfalls in die Falle gegangen. Jean war ein Lamm, kein Henker. Ein hilfloses Kind im Körper eines Erwachsenen.

Es sprach alles gegen ihn, das war offensichtlich. Er war der ideale Verdächtige, und aus eben diesem Grund durfte er nicht der Schuldige sein. Ich begriff, was geschehen war: Man hatte ihn in die Falle gelockt.

Die Wahrheit verbarg sich in den schwarzen, ekelhaften Songs von Fatal Foetus, in denen von bestialischem Sex, von schändlichen Ritualen die Rede war, das alles umhüllt von einer grellen, aggressiven Musik. Der Name der Band war im Übrigen vielsagend. Was bedeutete er anderes, als dass ihre Musikerinnen den Keim des Bösen in sich trugen? Émilie Langevin war während einer Orgie getötet worden, die aus dem Ruder gelaufen war. Und wer weiß, ob sie nicht selbst ihr furchtbares Ende provoziert hatte? Jean hatte die vier Musikerinnen demaskiert und schickte sich an, sie zu denunzieren. Sie hatten sich zum Handeln entschlossen, indem sie einen Racheakt simuliert hatten, um sicherzugehen, dass er endgültig als schuldig betrachtet würde. Das war so offensichtlich!

Die folgenden Monate waren die glücklichsten meines Lebens. Ich war befreit von mir, indem ich mich ausschließlich dem Wohlergehen von Jean widmete. Er war mein Kind, und während kurzer Augenblicke wurde ich in seinen Armen zu seinem.

DAS KÄSTCHEN

Ich hatte nur eine Sorge: das Geld. Das Erbe meiner Mutter ging zu Ende, und ich würde keine Rechnungen mehr bezahlen können. Der Winter stand vor der Tür, die Heizung war teuer. Und Jeans Appetit wurde immer größer. Früher oder später würde ich mir eine Arbeit suchen müssen. Ich konnte mir nicht vorstellen, Jean den ganzen Tag allein zu Hause zu lassen. Manchmal stand ich morgens auf mit dem Gedanken, Lotterielose zu kaufen. Ich träumte davon, ohne wirklich daran zu glauben, eine Bank auszurauben. Ich war gezwungen, Prospekte einzusammeln und mir die Angebote der Woche zu notieren! Die geringste Einsparung bedeutete einen kleinen Sieg. Auf diese Weise stieß ich auf die Werbung einer Apothekenkette, die einen Rabatt auf Windeln für Erwachsene anbot. Dieses Produkt wurde wirklich immer populärer. Zu meiner Schande stieg ich sofort in den Wagen, um dieses unerwartete Geschenk des Himmels nicht zu verpassen. Ich kaufte einen großen Vorrat an Windeln. In der Warteschlange an der Kasse fiel mein Blick auf die Titelseite einer großen Tageszeitung, die in einem Verkaufsständer steckte. Die Schlagzeile lautete, in fetten Buchstaben:

EIN AUGE IN IHRER GEFRIERTRUHE

Ein Foto begleitete diese sensationelle Schlagzeile; darauf sah man eine Frau, mit einem Fuß in ihrer Wohnung und mit dem anderen auf ihrem Balkon. Ob sie im Morgenrock herausgekommen war, um die Journalisten abzuwimmeln oder ihre Fragen zu beantworten, war nicht ganz klar. Sie war mit einem verstörten Gesichtsausdruck fotografiert worden. Unter dem Foto las ich: »Madame Lévis hat gestern Morgen in ihrer Gefriertruhe ein menschliches Auge gefunden.«

Ich nahm ein Exemplar der Zeitung, ging mit meinen Windeln zur Kasse, bezahlte und machte mich aus dem Staub, als wäre ich das Ungeheuer, das das Auge herausgeschnitten hatte.

Während der nächsten Tage kaufte ich verschiedene Zeitungen, um diese Geschichte in all ihren Details zu verfolgen. Ich schaltete sogar den Fernseher ein, was ich seit Monaten nicht mehr getan hatte. Es war offiziell, man hatte Tests gemacht, das Auge war das von Émilie Langevin. Das fehlende Teil war gefunden worden. Madame Lévis hatte die Überraschung ihres Lebens erlebt, als sie es in einem Ringkästchen gefunden hatte. Sie erklärte den Polizisten, sie habe nicht gewusst, wann genau ihr Sohn es in der Gefriertruhe versteckt habe. Es habe sich möglicherweise seit mehr als zwei Jahren darin befunden. Als er traumatisiert aus dem Kosovo zurückgekehrt sei, habe der Gefreite Alex Lévis für eine gewisse Zeit wieder bei ihr gewohnt, bevor er verschwunden sei, ohne eine Adresse zu hinterlassen. Da ihr Mann zehn Jahre zuvor gestorben sei, habe sie seitdem allein gelebt und in einem kleinen Hundesalon gearbeitet, der ihr gehöre. Mehr habe sie nicht zu sagen.

Warum hatte der Gefreite seine Ex-Verlobte getötet und ihr ein Auge herausgeschnitten? Warum hatte er das Auge aufbewahrt? Und warum hatte es sich in der Gefriertruhe seiner Mutter befunden? Das waren die Fragen, welche die Zeitungen in fetten Buchstaben auf ihren Titelseiten stellten.

Das Komplott weitete sich aus. Man schoss sich erneut auf Jean ein. Es war praktisch, jemanden anzuklagen, von dem man glaubte, er habe Selbstmord begangen, jemanden, von dem man glaubte, er verwese auf dem Grund eines Flusses. Man wollte vor allem die Akte ein für alle Mal schließen. Ich war der Einzige, der wusste, was die Mitgliederinnen von Fatal Foetus Jean angetan hatten. Für mich gab es keinen Zweifel: Diese vier Frauen hatten es irgendwie fertiggebracht, das Auge in der Gefriertruhe der Mutter des Gefreiten zu verstecken. Ich liebäugelte mit dem Gedanken, der Polizei einen anonymen Brief zu schreiben, aber das war zu riskant. Ich konnte keinen Beweis liefern, ohne mich selbst zu demaskieren. Es war besser für mich, die Akte Émilie Langevin ebenfalls zu schließen.

In der Woche, in der diese verleumderischen Enthüllungen immer mehr wurden, veröffentlichte eine Zeitung ein anderes Foto von Madame Lévis. Diesmal war sie vor ihrem Arbeitsplatz zu sehen. Sie hatte den gleichen verstörten Gesichtsausdruck. Zu ihrer Linken befand sich das Schild ihres Salons, Câlin canin. Zu ihrer Rechten erregte an dem Schaufenster, das es teilweise verdeckte, ein Schild »Personal gesucht« sofort meine Aufmerksamkeit. Ich drehte mich zu Jean, der beim Essen war, und teilte ihm zu meiner eigenen Verblüffung mit, dass ich bald für seine Mama arbeiten werde. Ich hatte das Gefühl, dass er ganz genau verstanden hatte, was ich ihm gesagt hatte.

Ich fand die Adresse des Câlin canin in den gelben Seiten. Ich hatte nicht die geringste Erfahrung auf dem Gebiet der Hundepflege. Ich hatte nicht einmal geahnt, dass diese Art von Service in der Stadt angeboten wurde. Ohne es erklären zu können, war ich jedoch überzeugt, dass ich die Stelle bekommen würde, dass Jean und ich von nun an von dem Geld seiner Mutter und meiner angeborenen Kompetenz als Hundefriseur würden leben können.

DIE HUNDE

Der Raum, der Madame Lévis als Büro diente, war mit Neonlicht erleuchtet, seine Wände waren mit Fotos bedeckt, die die Welt der Hunde glorifizierten, und es roch dort muffig und nach Schweiß. Jeans Mutter hatte immer noch diesen verstörten Gesichtsausdruck, den ich auf den Fotos gesehen hatte, als wäre die Angst in die Knochen ihres Gesichts gemeißelt worden. Das helle Grün ihrer Augen, das dem ihres Sohnes glich, fiel mir sofort auf. Ich war überrascht, dass sie mich trotz der Umstände, die die Anschuldigungen gegen ihren Sohn umgaben, so rasch empfing, indem sie mir ein Treffen für den Tag nach meinem Anruf vorschlug. Ich fand sie recht herzlich. Vermutlich verhielt sie sich eher Fremden und weniger ihrer Familie gegenüber so. Ich hätte sie gern gefragt, warum sie die Polizei gerufen hatte, anstatt das Auge einfach in die Toilette zu werfen. Sie hätte doch wissen müssen, dass diese Entdeckung ihren Sohn beschuldigen würde. Ich werde nie begreifen, wie Mütter ticken. Vielleicht hatte sie ein für alle Mal mit dieser Geschichte abschließen, Tabula rasa machen wollen. Das Ungeheuer denunzieren, das sie auf die Welt gebracht zu haben glaubte, endgültig ihren Bauch reinigen wollen. Immerhin hatte auch meine eigene Mutter versucht, mich zu ertränken.

Sie erzählte mir lange von ihrer Liebe zu den Tieren, die einzige, die ihrer Meinung nach wirklich uneigennützig sei. Und in ihrem stickigen Büro wurde mir klar, dass Jean das Unglück gehabt hatte, nicht als Hund geboren worden zu sein. Während ich Madame Lévis zuhörte, wie sie über vom Aussterben bedrohte Arten sprach, über das Unrecht, das den Tieren angetan werde, ihre mit Füßen getretenen Rechte, die Bosheit der Menschen ihnen gegenüber, die schamlose und grenzenlose Ausbeutung, deren Opfer sie würden, schwor ich mir, die Mutter zu sein, die Jean nie gehabt hatte.

Von einem Tag auf den anderen hatte ich Arbeit und ein Gehalt. Madame Lévis hatte mich für zwei Monate auf Probe eingestellt. Die Miteigentümerin des Salons, Madame Bellavance, arbeitete mich ein. Sie zeigte mir, wie ich mit den Hunden umzugehen hatte, erklärte mir die Benutzung der speziell für sie entwickelten Produkte und zählte mir die angebotenen Behandlungen auf. Nach einer Woche hatte ich allein mein erstes Trimmen durchgeführt und in der Woche darauf meine erste Rasur, die eines Pudels. Anfangs war Madame Bellavance mir gegenüber sehr skeptisch gewesen. Ich entsprach nicht dem üblichen Profil. Es handelte sich um eine Arbeit, die vor allem von jungen Leuten während ihres Studiums erledigt wurde. Ich verhielt mich ihr gegenüber wie ein unterwürfiger und aufmerksamer Student. Da sie Leute mochte, die schwächer waren als sie, und es nicht ertrug, dass man ihr widersprach, spielte ich absichtlich den Dummen. Ich wollte diese Stelle um jeden Preis behalten; daher beugte ich mich ihren Launen und Stimmungsschwankungen. Sie wirkte jünger als ich, aber ich war mir sicher, dass sie ein paar Jahre älter war. Ihr Misstrauen mir gegenüber verschwand schnell. Kaum einen Monat nach meiner Einstellung machte sie mir vor Madame Lévis Komplimente über meine Arbeit. Sie fand mich begabt und behauptete sogar, ich hätte eine echte Beziehung zu den Hunden. Das stimmte, ich fühlte mich wohl mit ihnen, egal, ob sie groß oder klein, gehorsam oder dickköpfig waren.

Das Câlin canin lag ganz im Osten der Stadt. Mit dem Wagen brauchte ich annähernd eine halbe Stunde dorthin. Ich machte mich morgens um acht auf den Weg und kam erst gegen 19 Uhr zurück. Es war ausgeschlossen, nach Hause zu fahren, um Jean sein Mittagessen zu machen. Ich musste mir etwas Neues einfallen lassen. Ich besorgte mir eine Halskette und eine lange Metallkette, die robuster war als die alte, um ihn so anzuketten, dass er sich nicht vom Bett entfernen konnte. Bevor ich zur Arbeit fuhr, stellte ich Essen und Wasser in ausreichender Menge auf den Boden seines Zimmers. Samstags war ich so erschöpft, dass ich einen Teil des Tages schlief. Nach ein paar Monaten hatte ich meinen Rhythmus gefunden. Jean gehorchte mir jedoch weniger, seit ich arbeitete. Er fühlte sich vernachlässigt. Ich verstand seine Verhaltensänderung, aber ich hatte keine Wahl.

Er nahm mit erstaunlicher Geschwindigkeit zu, sodass ich schließlich Mühe hatte, ihn zu waschen, wenn er tagelang partout liegen bleiben wollte. Ich schaffte es nicht mehr, ihn hochzuheben. Ich beschloss, ihn auf Diät zu setzen, indem ich nach und nach die Menge des Essens reduzierte, die ich ihm auf den Fußboden stellte. Eines Morgens fuhr ich zur Arbeit, nachdem ich ihm nur eine Schale Wasser und ein bisschen Reis hingestellt hatte. Bei meiner Rückkehr empfing mich ein ungewöhnlich heftiger Geruch nach Exkrementen. Ich ging nach oben. Jean hatte die Laken seines Bettes zerrissen, die Möbel umgeworfen, die er erreichen konnte, und zerbrochen, was zerbrechlich war. Mit den Splittern der Keramiklampe, die auf der Kommode stand, hatte er sich geritzt. Seine Scheiße, sein Urin und sein Blut bedeckten die Wände und die Trümmer. Als er mich sah, hatte er zu lachen angefangen. Ich hatte Jean noch nie lachen sehen.

Am nächsten Tag meldete ich mich krank, putzte, reparierte, was repariert werden konnte, leerte den Kühlschrank und brachte alles, was er enthielt, in Jeans Zimmer hinauf. Er verschlang alles, ohne sich Zeit zum Atemholen zu lassen. Es war ein derartiges Leuchten in seinen Augen, als er das Essen in sich hineinschaufelte, dass ein Schauder meine Seele zerriss.

DIE KETTE

Jeden Tag, an dem ich mich in den Câlin canin begab, genoss ich den Augenblick, wenn ich Madame Lévis in ihrem kleinen Büro begrüßte. In den sieben Jahren, die ich für sie arbeitete, hatte sie nicht die geringste Ahnung, wer ich wirklich war, und wusste nicht, dass zwischen ihr und mir dieser feiste Christus stand, der unsere Leben auffraß … Bis zu jenem Tag, an dem alles aus den Fugen geriet.

Ich hatte meinen Arbeitstag beendet und dachte an nichts, na ja doch, ich dachte an etwas, ich fragte mich, ob ich glücklich war. Ich sagte mir, dass ich es war. Mein Leben hatte einen Sinn: Ich liebte Jean, er schenkte mir eine seltsame Ruhe, eine Art Anästhesie. Er lebte in meinen Gedanken, ich konnte nichts mehr vor ihm verbergen. Mein Leben führte, wie eine endlose Straße, nirgendwohin, löste aber keinerlei Angst aus. Ja, vielleicht war es das, was ich dachte, als ich eine rote Ampel überfuhr, so wie man von einem Gedanken zu einem anderen wechselt.

Ich wachte wieder auf in einem Krankenhausbett. Später erfuhr ich, dass ein Lieferwagen seitlich gegen mich geprallt war. Der Fahrer war unverletzt geblieben. Mein Wagen hatte einen Totalschaden. Ich hatte eine schwere Gehirnerschütterung und geringfügige Verletzungen an der Schulter. Ich war energielos, aber seit ich aus dem Koma erwacht war, ließ mir ein Gedanke keine Ruhe und hinderte mich daran, mich der Benommenheit der Beruhigungsmittel zu überlassen: Ich musste das Krankenhaus verlassen, um mich um Jean zu kümmern. Ich war in Panik.

Er war bereits seit vier Tagen allein, angekettet in seinem Zimmer, halb verhungert und verdurstet. So sehr ich auch versuchte, mich aus meinem Bett zu erheben, es gelang mir nicht. Ich verlor das Gleichgewicht, meine Beine knickten unter mir ein, und ein furchtbarer Schmerz in meinem Kopf zwang mich zurück in die Horizontale. Ich musste mich damit abfinden, noch einen Tag zu warten, und dann noch einen, doch mein Zustand besserte sich nicht. Es war die Hölle. Jean war in Gefahr. Ich hatte keine Wahl mehr, ich rief Madame Lévis an und erklärte ihr rasch die Gründe für mein Fehlen in der Arbeit. Sie bot mir sofort an, mich im Krankenhaus zu besuchen. Ich stoppte sie, es gebe etwas Dringenderes zu erledigen: Sie müsse unverzüglich zu mir fahren und sich um meinen Hund kümmern.

Ich hatte keine andere Möglichkeit gefunden, diese Frau dazu zu bringen, ihren Sohn wiederzutreffen und ihn zu retten, obwohl sie ihn seit Jahren für tot gehalten hatte. Hätte ich ihr die Wahrheit gesagt, sie hätte mich für verrückt gehalten und nichts begriffen. Die Zeit drängte. Ich wusste, wenn ich ihr mitteilte, ein Hund sei im Begriff, an eine Kette angebunden bei mir zu verdursten, würde sie ihm augenblicklich zu Hilfe eilen. Sie brauche nur durch die Hintertür ins Haus zu gehen. Ein Schlüssel sei unter einem Blumenkasten versteckt, sie würde ihn leicht finden.

Ich legte auf und ließ meinen Tränen, die die Angst bis jetzt zurückgehalten hatte, freien Lauf. Was hätte ich sonst tun können, um Jean zu retten? Wen hätte ich sonst anrufen können? Sie würde ihren Sohn trotz seines langen Bartes und seiner Fettleibigkeit erkennen. Sie würde Mitleid mit ihm haben, sein Leiden verstehen und endlich begreifen, dass er unschuldig war. Sie würde unser Geheimnis teilen. Ich verlor das Bewusstsein, bevor ich noch das Vaterunser beendet hatte, das ich begonnen hatte in der Hoffnung, alles würde sich so abspielen, wie ich es mir vorgestellt hatte.

Ich verließ das Krankenhaus drei Tage später, gegen die Meinung des Arztes, der mich unbedingt noch zur Beobachtung dabehalten wollte. Körperlich hatte ich mich so weit erholt, dass ich ein paar Schritte laufen konnte, ohne dass ich das Gleichgewicht verlor oder mir übel wurde. Doch eine ungeheure Sorge krampfte mir das Herz zusammen: Madame Lévis hatte sich seit meinem Anruf nicht mehr gemeldet. Ich hatte vergeblich versucht, sie auf ihrem Handy zu erreichen. Ich beruhigte mich, indem ich ihr Schweigen mit der Verblüffung darüber, ihren Sohn wiedergefunden zu haben, rechtfertigte. Sie stand unter Schock und brauchte Zeit, um darüber sprechen zu können. Und dann stellte ich mir das Schlimmste vor: Sie war zu spät gekommen und hatte nur noch einen kalten Leichnam vorgefunden. In meinem Wahn hielt keines dieser Szenarien lange stand und wurde von anderen abgelöst. Madame Lévis rief mich nicht an, weil sie mich verdächtigte, ihren Sohn gekidnappt zu haben. Oder sie hatte ihn einsperren lassen, weil sie ihn immer noch für schuldig hielt. Oder sie hatte das Haus durchsucht und Josiane Gravels Leichnam im Keller gefunden. Jede Minute würden Polizisten in mein Krankenzimmer eindringen und mir ein Geständnis abpressen.

Oder Jean hatte, als er seiner Mutter ansichtig geworden war, seine Sprache wiedergefunden und ihr von der Aggression erzählt, deren Opfer er vor seinem Verschwinden auf dem Friedhof geworden war, von meiner aufopferungsvollen Pflege, meiner Liebe, und alles würde enden wie in der besten aller Welten ... Ich wurde ganz konfus, phantasierte und wechselte innerhalb weniger Minuten von der größten Verzweiflung zur sinnlosesten Euphorie.

Ich hatte es mir von Anfang an verkniffen, im Câlin canin anzurufen, da ich fürchtete, Madame Bellavance in diese Geschichte mit hineinzuziehen. Am Tag, bevor ich das Krankenhaus verließ, war ich jedoch am Ende meiner Nerven, sodass ich einen Anruf riskierte, und ich geriet an eine Ansage, die die Kunden informierte, dass das Câlin canin auf unbestimmte Zeit seine Dienste nicht anbieten könne. Irgendetwas war da schiefgelaufen.

In dem Taxi, das mich nach Hause brachte, zitterte ich vor Kälte. Dabei war es ein warmer und sonniger Sommertag. Ich hatte den Fahrer gebeten, die Wagenfenster zu schließen. Ich beobachtete die Leute auf den Bürgersteigen. Sie strahlten vor Glück, als wären sie alle Teil eines Films über die Lebensfreude oder hätten sich gegen mich verschworen, indem sie mir mit ihrem Lächeln und ihrem unbeschwerten Gang zu verstehen gaben, dass ich nicht zu ihrer lichterfüllten, sorglosen Welt gehörte.

Nachdem das Taxi weg war, stand ich, vor Angst schlotternd, lange vor der Haustür. Ich ging hinein, spitzte die Ohren und blickte mich rasch um. Alles schien normal zu sein, was meine Angst seltsamerweise noch größer machte. Ich ging nach oben und presste mein Ohr gegen die Tür von Jeans Zimmer: Ich hörte absolut nichts. Jetzt war alles klar für mich: Jean war tot, Madame Lévis war nicht gekommen. Ich öffnete die Tür einen Spalt, das Zimmer war sonnendurchflutet. Geblendet machte ich einen Schritt. Sein Körper ruhte auf dem Bett. Getaucht in diese Überfülle von Licht, wirkte er gewaltig. Er war schön, perfekt, unversehrt. Der Tod hatte seinem Körper nichts anhaben können. Ich dachte an meine Mutter und an die Seliggesprochene, die sie in Rom so sehr beeindruckt hatte. Auch ich bekam mein Wunder. Als ich mich näherte, bemerkte ich, dass er nicht mehr angekettet war. In genau dem Augenblick, da dieses Detail mir auffiel, öffnete Jean die Augen und sah mich an. Ich begriff sofort, dass etwas Furchtbares geschehen war.

Ich rannte ins Erdgeschoss hinunter und ging durch die Hintertür hinaus. Der Schlüssel befand sich nicht mehr unter dem Blumenkasten. Ich lief in die Küche und öffnete einen Schrank, alle Essensvorräte waren verschwunden. Ich inspizierte den Mülleimer neben der Spüle, er war randvoll mit leeren Konservendosen. Als ich den Kühlschrank öffnete, konnte ich mich nicht mehr belügen, ich wusste, was mich erwartete, ich hatte es in Jeans Augen gesehen.

Der Kühlschrank war leer. Es stand nur ein kleiner Teller darin, auf dem erstaunlich lebhaft die grüne Iris eines Auges funkelte.

Ich stürzte in den Keller. Der Körper von Madame Lévis lag auf den Müllsäcken, die die Sachen meiner Mutter enthielten. Ich räumte die Säcke beiseite, grub an der Stelle, wo ich Jahre zuvor gegraben hatte, und warf den verstümmelten Leichnam von Madame Lévis auf denjenigen von Josiane Gravel, der bereits ziemlich verwest war. Es kostete mich viel Zeit, ich war schwach, meine Schulter schmerzte, und ich musste nach jedem Spatenstich verschnaufen. Als ich aus dem Keller wieder nach oben kam, erwartete Jean mich in der Küche. Er hatte Hunger. Benommen und schweißgebadet verließ ich das Haus, um Lebensmittel zu kaufen.

Das Auge blieb ein paar Tage im Kühlschrank. Dann warf ich es schließlich in die Toilette. Während ich zusah, wie es im Wasserwirbel verschwand, spürte ich, dass ich da gerade auch meine Seele runtergespült hatte. Wenn es in jedem Menschen ein geheimes Zentrum gibt, einen heiligen Ort, der für die anderen unerreichbar ist, dann hatte Jean den meinen erobert und sein Kreuz dort eingeschlagen. Ich hatte keinen eigenen Willen mehr; Jean und ich bildeten jetzt nur noch eine einzige Person, aber die Befehle gab er. Ich empfing sie, ohne dass er auch nur ein einziges Wort sagen musste, und ich mobilisierte meine ganze Kraft, um ihnen zu gehorchen. Seit meiner Rückkehr hatte ich mich, anstatt ihn zu Tode zu prügeln, wie gewohnt um ihn gekümmert, ohne ihn zu hassen, ohne mich zu schämen, ohne aufzuhören, ihn zu lieben. Ich gab ihm alles zu essen, was er wollte und so viel er wollte. Ich hatte seine Haare und seinen Bart geschnitten und seinen Schädel rasiert. Ich ertappte mich dabei, wie ich in diesem Christus aus Fleisch, in diesem feisten und nackten Gesicht das Böse entdeckte, das ich ins Haus gebracht, ernährt und beschützt hatte, das Böse, dass ich für Leiden gehalten hatte. Meine Blindheit ihm gegenüber schien mir undenkbar. Jean war all dessen schuldig, dessen man ihn anklagte. Im Schimmer seiner grünen Augen zitterte wie eine Flamme die Vision weiterer Verbrechen, die er begangen hatte.

Der Gefreite Alex Lévis hatte eine lange Karriere als Vergewaltiger und Mörder hinter sich. Émilie Langevin war nicht die Einzige gewesen. Weitere Frauen waren von seiner Hand gestorben, grausam verstümmelt. Das wurde mir mit kalter Abgestumpftheit klar. Manchmal schwankten meine Erinnerungen, und ich wusste nicht mehr, ob er es gewesen war oder ich, der Josiane Gravel mit Messerstichen getötet hatte, ich oder er, der seine Mutter getötet hatte.

Dein Wille geschehe …

Das Verschwinden von Madame Lévis hatte eine große Aufregung in den Medien ausgelöst. Nach dem Sohn war nun die Mutter verschwunden, ohne Spuren zu hinterlassen. Die polizeilichen Ermittlungen hatten nichts ergeben. Madame Bellavance hatte nach kurzer Schließung den Salon übernommen. Die Nachwirkungen meiner Gehirnerschütterung verschwanden, ich litt aber trotzdem weiter unter häufigen Kopfschmerzen. Ein paar Wochen nach meinem Unfall nahm ich meine Arbeit im Câlin canin wieder auf. Es war schwieriger als vorher, da wir die ganze Arbeit nun zu zweit machen mussten. Madame Bellavance hatte ihre Sicherheit verloren und verließ sich mehr und mehr auf meine Hilfe.

Unser tägliches Brot gib uns heute …

Meine Arbeitsstunden wurden mehr, mein kümmerliches Gehalt leider nicht. Ich hatte große Mühe, über die Runden zu kommen. Jeans Gefräßigkeit nahm täglich Ausmaße an, die alle Rekorde brachen. Seine Verfressenheit kannte keine Grenzen mehr. Wenn er nicht schlief, aß er. Ich kaufte astronomische Mengen von Tiefkühlkost, Pommes frites vor allem, von denen Jean Unmengen verschlang. Meine Freizeit war dem Kauf und der Zubereitung der Nahrung gewidmet. Ich kaufte alles in großen Mengen ein, um zu sparen: Tiefkühlhähnchen, ganze Rinderviertel, große Gläser Marmelade oder Melasse, größere Vorräte von tiefgefrorenen Pizzen und Burgern, Hunderte von Eiern, kistenweise Bananen … Mehrere Verkäufer dachten, ich würde für ein Restaurant einkaufen. Innerhalb weniger Jahre speicherte Jean eine beeindruckende Menge Fett. Seine Fettleibigkeit beeindruckte mich, als befreite sie ihn vom Menschsein. Seine Beine wurden so dick, dass sie gespreizt blieben wie die Beine eines Froschs. Sein Hals verschwand im Fett, seine Unterarme wurden unförmig. Sein Geschlecht war nicht mehr sichtbar, vergraben in einem Magma aus Falten. Er stand nicht mehr auf, da er zu schwer geworden war. Ich verstärkte sein Bett, das zusammenzubrechen drohte, und installierte ein System von Seilrollen, um einen Teil seines Körpers hochzuheben, was mir erlaubte, ihn ordentlich zu waschen. Ich hatte kapituliert vor den Wundliegegeschwüren, er war über und über damit bedeckt.

Manche Stellen seines Körpers wirkten sogar nekrotisch. Jean bewohnte das Zimmer nicht mehr, er war das Zimmer. Um ihn aus dem Haus zu schaffen, hätte man die Eiche vor der Fassade fällen, das Fenster und einen Teil der Mauer zerstören und einen Kran mieten müssen. Ich war eine Pflegemutter geworden, die die Gefangene ihres monströsen Kindes war.

Und vergib uns unsere Schuld …

Meine Mutter hatte mich töten wollen, sie hätte ihr Vorhaben zu Ende führen sollen. Madame Lévis hatte einen fatalen Fötus in ihrem Bauch getragen, sie hätte ihn in die Toilette werfen sollen. Unsere Geburt war nicht den Tod eines Hundes wert.

Wie auch wir vergeben unseren Schuldigern …

Eines Tages überraschte ich Madame Bellavance in Tränen aufgelöst. Als sie mich sah, warf sie sich in meine Arme. Einen Augenblick lang wusste ich nicht, wie ich mich ihr gegenüber verhalten sollte. Schließlich begriff ich, dass ich sie trösten sollte. Ich drückte sie allerdings so ungeschickt an mich, dass sie sich jäh von mir löste. Um das Unbehagen zu vertreiben, das sich zwischen uns eingestellt hatte, fragte ich sie, was los sei. Sie vertraute mir an, dass ihr Geschäft auf eine Katastrophe zusteuere, wenn sie nichts unternähme, um den Service zu verbessern. Die Kundschaft werde immer weniger, die Konkurrenz immer größer. Die Lüftung funktioniere viel zu langsam, in den Räumen herrsche ständig ein unangenehmer Geruch. Die Rohrleitungen müssten erneuert werden, alles müsse neu gestrichen, renoviert werden. Sie habe kein Geld, um die Arbeiten finanzieren zu können. Und außerdem fühle sie sich seit ihrer Scheidung allein. Ihre Tochter habe geheiratet und lebe mit ihrem Mann im Ausland. Das Verschwinden von Madame Lévis habe sie aus der Bahn geworfen. Das Leben mache ihr Angst. Sie habe nur noch mich.

Am nächsten Tag schlug Madame Bellavance mir vor, ihr Teilhaber zu werden. Ich könnte einen Kredit beantragen, eine Hypothek auf das Haus aufnehmen. Die Renovierungsarbeiten könnten sofort beginnen. Innerhalb kurzer Zeit würde alles besser laufen. Sie schätze mich sehr, habe Vertrauen zu mir. Ich sei ein seriöser, strenger, liebenswürdiger Mann. Ein diskreter, ein verschlossener Mann. Wir könnten uns näherkommen, uns besser kennenlernen. Abgesehen von unserer Aufopferung für die Hunde, was wüssten wir schon voneinander? Sie hatte keine Ahnung, mit wem sie es zu tun hatte. Ich würde ihr Retter sein. Pech für sie.

Vater unser im Himmel … Erlöse uns von dem Bösen …

Dieses Gebet war nichts als ein schlechter Scherz. Ich konnte nicht mehr erlöst werden.

Zu spät.

Die Übersetzung wurde gefördert durch
den Conseil des arts du Canada/Canada Council for the Arts

Canada Council for the Arts Conseil des arts du Canada

Lektorat Elisabeth Morf
Herstellung atelier eilenberger
Schrift Bembo
Printed in Germany

Dieses und andere Bücher
finden Sie auch im Internet unter
www.verlagfaberundfaber.de

ISBN 978-3-86730-146-6